굴비

김인순 수필집

굴 비

초판 1쇄 발행   2024년 3월 11일

지은이 | 김인순
만든이 | 이한나
펴낸이 | 이영규
펴낸곳 | 도서출판 그린아이
　　　　한국기독교복음사

등록 연월일 | 2003. 12. 02.
등록 번호 | 제2-3893호
주소 | 서울특별시 은평구 녹번로 6-11, 201호
전화 | 02)355-3035
이메일 | gmh2269@hanmail.net

ISBN 979-11-91376-28-9(03810)

굴 비

김인순 수필집

그린아이
기독복음

　좋은 글과 독자의 만남은 삶에 활기를 불어넣고 가슴을 따뜻하게 하는 것 같습니다.

　1998년에 등단하여 문우들과 함께해온 찬양과 글쓰기 수업은 감동과 감사의 시간들이었습니다.

　감사합니다. 즐거운 시간 되시기 바랍니다.

2024년 2월

김인순

차 례

제2부 **루마니아에서**

제3부 **콩트&시**

제1부

목 련

목련

무심코 창문을 열고 보니 목련꽃이 활짝 피어 있다.

며칠 지난 뒤 다시 보려고 하니 벌써 지고 없다. 목련은 피고 지면서 두 번 놀라게 한다. 꽃의 생명이 왜 그리 짧을까? 단지 며칠, 잎도 없이 눈부신 꽃송이들로 한껏 시선을 끌다 갑자기 져버리니 숨이 가빠지는 것 같다.

아이들 어릴 적에 살던 우리 집 마당에도 목련이 있었다. 봄이면 잎보다 꽃이 먼저 피어 30여 평 마당이 등을 밝힌 듯 환하였다. 해마다 금년엔 꽃 그늘 아래 친구들을 불러 잔치라도 열리라 맘을 먹지만 어느새 져버려 아쉬움만 더 했다.

아이들이 초등학교에 다니던 어느 해 봄이었다. 어디선가 병아리들을 사 들고 와 상자에 담아 만개한 목련 밑에 집을 만들어 주었다. 상자 속에서 어린애 주먹 만한 것들이 옹기종기 움직이는 모양이 예쁘고 사랑스러웠다. 삐약삐약 소리가 멀리까지 울려 작은 몸집 어디에 그런 힘이 있는지 신기하기만 했다. 종일 들여다보며 장난을 쳤다.

병아리들도 의사소통이 되는지 장난에 응해 주었고, 조그만 눈 어디로 보는지 애들을 따라 같이 놀아 주었다. 달리면 저도 달리고 그 자리에 서면 따라 섰다. 높은 곳으로 올라서니 자기도 오르려고 가는 다리를 바르르 떨며 뛰었다. 잠시 쉬고 있으니 발 곁에 꼭 붙어 기대는 체온이 느껴져 행복했다. 목련 곁에 묶어둔 강아지는 낑낑대고, 우리는 종일 즐거움에 시간 가는 줄도 몰랐다.

해가 지자 추울까 봐 상자에 넣어 신문을 깔아 주고 먹을 것을 나르느라 정신이 없었다. 병아리는 어느새 우리 집 스타가 되어 버렸다.

밤이 되자, 늦도록 병아리를 지키던 아이가 소리를 지르며 달려왔다. 그렇게 잘 놀던 병아리가 시름시름 죽어 가는 것이다. 먹을 것 과자 부스러기를 주며 의약품 상자를 꺼내 별 수단을 써봐도 일어나질 못한다.

"엄마, 살려 줘! 엉엉!"

아이의 안타까운 눈이 안 살려 주면 큰일 날 표정이

었다. 병아리 생명을 못 살린다면 엄마 노릇도 못할 것 같다. 가슴에 안고 서서 눈물을 뚝뚝 떨어트린다.

"애, 병아리같이 예쁜 것은 빨리 죽는단다. 그래서 자꾸자꾸 보고 싶어지라고……."

내 목소리도 힘이 없었다. 그 사랑스럽던 눈을 감은 채 병아리는 죽고 말았다.

부화장 병아리의 수명이 그렇다는 걸 나중에 알았지만 참을 수 없었다. 생명에 죽음이라는 끝이 있다는 것을 깨닫는 엄숙한 순간이었다. 우리는 한참 동안 울다가 목련 밑에 묻어주었다. 벌써 꽃잎이 지고 있었다.

아파트에 이사온 후 오랜만에 목련을 보니 옛친구를 만난 듯 반가웠다. '여기에도 봄이 있었구나.' 아파트 상가엔 사철 꽃과 과일이 있고, 춥고 더운 줄 모르니 계절의 변화가 실감나지 않는다. 땅 밟을 기회도 별로 없고, 해가 바뀌어도 작년, 재작년 비슷한 느낌이다. 시간의 흐름에 무뎌져 이러다 바보가 되는 게 아닌가 스스로 놀라기도 한다.

언젠가 자다 깨어 환한 달을 보고 '저런 것도 있구나.' 하고 감탄한 적도 있다. 아파트라고 계절이 없겠는가? 바쁜 일상과 무관심으로 모르고 지냈을 뿐이다.

터질 듯한 꽃송이들이 귀빈처럼 눈앞에 와 있다. 금

년 봄이야말로 목련을 즐겨 보리라. 그러나 잊고 지내는 사이 벌써 꽃은 지고 잎이 무성해 있는 것이다.

몸살이 날 것 같다. 시작하면서 끝나 버리는 목련의 생리, 짜증이 난다.

아이는 어느새 어른이 되고, 길에서 병아리를 보면 통닭구이 생각만 한다. 빈집 지키는 시간이 길어져 가고, 꽃 진 자리에 어둠만 더 짙게 남아 있다.

시간 흐르는 소리가 들리는 것 같다. 시간이 가는지, 내가 시간 속을 질주하는지 붙잡은 것도 어느 날 보면 빈손이고, 놓치고 달아나고, 이러다 무엇이 남을까 계산이 안 된다. 빈 가슴, 허전함에 어찌할 바를 모르겠다. 어떤 말로도 표현할 수 없을 때, 침묵이 말이다. 침묵보다 더 간절한 말이 눈물이다. 눈물처럼 정직한 말은 없으리라.

아침이다. 안개 속에서 발갛게 태양이 떠오른다. 곧 하루가 시작되고 새로운 세계를 향해 계속 나아가는 것은 생명의 연속이 아닌 창조이기도 하다.

떠오르는 태양이 힘이 있다면 지는 해는 더욱 아름답다. 온 하늘을 붉게 물들이며 서서히 사라져 가는 모습은 신비한 음악까지 들리는 듯하다. 내년 봄, 다시 필 목련을 기다리면서 아침을 맞는다.

한恨과 해학諧謔

추석이 다가온다. 가을바람과 햇볕, 도처에 풍성한 먹을거리, 바쁘게 오가는 사람들, 밤마다 커지는 달, 괜히 흥에 겨워 들뜨기도 하고. 한편 쌀쌀한 가을바람에 어둡고 허전한 느낌도 있다.

바쁘게 오가는 사람들은 명절이 즐거워 보이는데, 나는 함께 만날 친정 형제도 없고, 금년엔 선산의 묘까지 정리되어 허전함이 더하다. 외동딸이면서 명절은 물론 어버이날이나 친정아버지 추도식도 제대로 기념해보지 못했다.

북적거리며 고향 찾는 사람들, 번창한 집안의 둘러앉은 밥상, 언니 동생 찾으며 돕거나, 심지어 싸우는 형제까지도 부러울 때가 있다.

외국에 있을 땐 홀로 계시는 어머니께 미안해서 귀국하면 친정 일은 내가 다 해드리려고 결심했지만, 일은 더 많아지고 항상 바빠서 친정을 배려할 여유가 없었다.

　몇십 년 만에 만난 이산가족들도 부부, 형제, 아저씨, 아줌마 들이 가족을 확인하면 '○○야!', '어머니!', '아버지!' 하고 닮은 얼굴을 쳐다보며 부둥켜안고 눈물을 흘리는데, 긴 세월은 그리움이나 원망 불평도 다 사라져 버리게 만드는 것 같다.

　살아서 만날 수 있다는 것, 다시 만날 희망이 있다는 것은 좋은 일이다.

　그러나 아무리 기다려도 못 만나는 사람들도 있다. 흙으로밖에 만날 수 없는 사람들. 혈육을 그리워하는 것보다 더 큰 아픔은 없을 것 같다. 보고 싶은 사람을 못 만난다는 것. 빈 가슴 그리움을 어떻게 무엇으로 대신할 수 있을까?

　늦은 저녁 TV에서 판소리 한 대목이 구슬프게 흘러나오고 있다. 수없이 듣던 가락인데 한恨에 겨워 정신없이 빠져들었다. 원색적이고 뼈마디에 파고드는 한의 가락은, 누구도 대신할 수 없는 노래이기도 했다.

　비취색 한복을 입은 초로의 여인이 손끝에 쥔 부채를 흔들자 그 끝에 매달린 술들이 하늘하늘 춤을 춘다. 흔들리는 치마폭, 자주고름, 노리개, 쪽머리, 비녀가 창을 따라 하늘거리고, 접은 부채 도막을 양손으로 꼭 쥐니 기둥이라도 붙잡은 듯 힘이 주어진다.

"아이고, 가련하다. 이내 신세……. 두 눈에서 나는 눈물 이내 신세 가련하다……."

춘향이 이 도령과 이별하는 대목이었다. 금방이라도 눈물이 뚝 떨어질 듯 애절하고 슬픈 가락이었다. 명창과 얼굴을 마주하고 장단 맞추는 고수의 북소리도 깊은 비애가 느껴진다.

눈물도 흘리고 콧물도 닦고 한참 듣다 알고 보니 이들이 방년 16세의 아이들이었다. 웃음이 절로 나왔다.

"어얼씨구나 저얼씨구…… 이 궁둥이 두었다가 논을 살까 밭을 살까…… 흔들 대로 흔들어라……."

춘향 모가 이 도령을 만나는 마지막 대목이다. 얼마나 신이 났으면 이 궁둥이로 밭을 살까 논을 살까 흔들고 다녔을까?

흥부전의 돈타령이나 심청전의 뺑덕이네 등, 판소리를 듣다 보면 숨넘어가게 슬픈 절체절명의 순간에도 웃음이 터져 나올 때가 있다. 이미 알고 있는 해피엔딩 때문인지, 고통을 감내한 풍요로운 정서 때문인지 삶의 여유를 느끼게 한다.

뿌리 깊은 유교 사상에 한 많은 민족이지만, 바탕에는 슬픔보다 유머와 해학이 있다.

남편의 장례식 날 조문객의 무좀 양말 신은 발가락 모습이 참을 수 없도록 우스워서 고개를 돌리고 웃었다는 친구의 이야기를 들은 적이 있다.

내 기구한 사연은 소설로 몇 권이라는 말을 흔히 듣는다.

누구나 '한恨 몇 개쯤' 가지고 있을 성싶은데 허리 끊어지게 애간장 녹이면서도 그 사이에 웃음이 나오는 것은 한에 숨어 있는 해학 때문일까?

한恨, 잡힐 듯 잡히지 않는 실제 같은 허상이다. 아무리 아파하고 슬퍼해도 절망하지 않는 것이 우리들의 '한恨'인 것 같다. 양반의 역사에도 서민의 삶에도 한恨이 있다. 한 속에 숨긴 웃음, 그것이 우리의 정서였을까? 어느 민족도 흉내낼 수 없는 우리만의 해학인 것 같다.

*한(恨) : 몹시 원망스럽고 억울하거나 안타깝고 슬퍼 응어리진 마음.
*해학(諧謔) : 익살스럽고도 품위가 있는 말이나 행동.

동창생

오랜만에 여고 동창회에 나갔다. 그동안 소식조차 모르고 지내다 옛친구들을 만나니 전설 속의 주인공이라도 된 듯 감회가 새롭다.

서울 한복판의 식당 건물 안에 들어서자 왁자지껄 고향 말들이 튀어나온다.

"오메, 가시나! 니가 선창 OO지 잉!"

"맞어, 찔찔이 반 OO······."

몇십 년 만인데 조금도 낯설지 않은 얼굴이다. 갓바우, 째보 선창, 불종대 거리, 죽동, 양동, 유달산, 삼학도, 지명이나 별명이 쏟아져 나오니 잊고 있던 보물이라도 발견해낸 듯 재미있었다.

나는 말없는 충청도 출신 남편과 지내다 오랜만에 잊었던 고향 말을 찾으니 입이 다 시원했다.

동창. 살아온 내용, 성장 과정, 가족사를 물속처럼 환히 알고 있어 가리고 숨길 필요도 없고 세월의 무게만큼 정만 더해 가는 사이인 것 같다. 우선 호칭 없이 누구야 하고 이름을 부르는 것만도 편하고 좋았다.

"○○년!"

상당히 거북한 비어인데 아무렇지도 않게 주고받으며 웃는 건 함께 보낸 시간의 공동 정서가 핏줄처럼 흐르고 있기 때문인가? 외국에서 언어불통으로 고생하던 일을 생각하면 터놓고 우리말 하는 것이 이렇게 즐거울 수가. 내게 숨겨진 속물 근성 탓일까. 쓸데없이 떠들며 배가 아프도록 웃었다. 우리끼리의 즐거운 사건들을 어떻게 다 말할까?

이미 유명을 달리한 친구도 있다. 남편이 먼저 간 친구도 여럿이다. 각자의 환경이나 명예, 재력을 초월하여 이제는 우리 자신으로 돌아가 그냥 친구인 것이다. 친구란 고향이고 꿈이다. 고향 이야기를 하려면 말보다 감동이 앞서 한마디도 못하고 가슴에 묻어버릴 것 같다.

목포라는 작은 도시에서 초등학교, 중·고등학교가 거의 동문인 우리는 선생님들 별명이며 초등학교 짝 얘기까지 떠올렸다. 남자 동창은 지금도 만나면 말을 놓는다. 남자이기 전에 친구인 것이다. 어느 날 갑자기

OO야 하고 길에서 만난 남자 동창이 친구의 이름을 부르며 손을 덥석 잡았다고 한다.

"야! 숙녀 손을 그렇게 잡아도 되냐?"고 하자,

"너도 여자야?"

하며 얼굴을 붉히더라는 얘기에 또 한번 까르르 웃었다. 친구이면서 남성이기도 했던 우리들의 동창생……

가끔 고향을 방문하지만 옛 동네는 사라지고 살던 집도 학교도 옛 모습은 아니다. 지금도, 숨죽이며 듣던 교장 선생님의 훈화 소리가 들리는 것만 같은데……. 해남 대흥사, 용당리, 고하도 주변의 섬들, 우리의 발길이 안 닿는 데가 없었는데…….

동창회에 다녀오고 나면 한동안 몸살을 한다. 꿈과 현실의 착각에 교통정리가 필요해지고, 분명히 즐거웠는데 돌아서면 허전하고 슬픔 같은 것이 느껴진다. 친구의 얼굴에서나 찾아보는 우리 삶의 흔적들, 애써 확인하고 다시 잊어버리고 나이테처럼 두터운 정으로만 남는다.

물이 차면 넘치고, 몸집이 커지면 옷이 작아지듯, 자연이 생겨나는 호기심과 꿈들을 억제당하며 숨어서 해결하느라고 갖가지 고통과 에피소드도 많았다. 수학여행을 다녀온 후엔 입산 수도, 가출 소문도 있었다. 우리는 왜 그렇게 새로운 일에 관심이 많았고, 어른들은 왜 그렇게 막았고 그걸 무너뜨리려고 애썼는지. 그 시절 우리의 모습이 희생양처럼 억울하게 생각될 때도 있고 그 속에서도 꽃피운 용기와 지혜가 가상하기도 하다. 봇물처럼 터지는 풍성한 정서를 관리해 줄 만한 환경도 아니었고, 가르쳐 주거나 이끌어 주는 사람도 없었다.

볼 만한 잡지도 별로 없었고, 누군지 타임지를 끼고 다니면 우러러 보였다. 로미오와 줄리엣을 읽다가 새까만 수학 문제를 보면 머리가 돌 것같이 아찔하기도 했다. 작은 도시에서 유달산, 영산강 바라보며 스스로 성장했던 것 같다.

동창이 있다는 것은 자랑스럽다. 요즘 해외에서 살고 있는 우리 아이들의 소속은 어찌 되는지 걱정스럽기도 하다.

"애들아. 너희들 고향은 어디냐? 웃고 떠들 동창은 있어?"

동창생이란 무형의 재산이다. 아무 때고 열어 보면 진기한 보물로 가득한 보물창고이다. 나이가 들면 부모를 닮아가고 고향의 정서로 돌아간다. 그러나 고향이 그대로 남아 있는 것도 아니고, 늙어가는 동창생들의 얼굴을 보면서 고향의 흔적을 확인해 볼 뿐이다.

NG가 남긴 것

    드라마가 끝나면 극중의 NG(no good) 장면만을 모아서 공개하는 시간이 있다. 폭소를 터뜨릴 만큼 적나라하게 실수를 드러낸 모습들이 실제 내용보다 더 실감나고 감동을 주기도 한다. NG가 아니고선 느껴볼 수 없는 일이다.

    하루 일과 중에도 NG 같은 사건들이 종종 일어난다. 할 일은 많아지고 능력은 한계에 부딪혀 몸과 마음이 각각 움직이는 것이다. 지금도 나는 아침에 일어나면 무엇부터 해야 할지, 줄줄이 늘어선 일과들 앞에 한참 망설이게 된다. 어제 못 끝낸 일, 먹고 치우고 쓸고 닦는 일, 전화하기, 사람 만나기, 성경 읽고 교회 가는 일, TV 보기, 거울도 보고 자기도 가꾸고, 가족들의 일들까지……. 약속을 깜박 잊는다거나 공과금 밀리는 일은 보통이고, 음식을 태우거나 그릇을 깨뜨리는 일은 수없이 많다.

언젠가 귀한 손님을 식당에 모신 적이 있었다. 즐겁게 식사를 끝내고 나왔는데 손님이 보이질 않아 다시 돌아가 보니 카운터 앞에 서 있었다. 아! 이런 실례라니, 계산을 하지 않고 그냥 나온 것이다. 이날의 실수로 인해 우리는 더 가까워져서 지금도 가끔 함께 식사를 나누며 그날의 실수를 보상하고 있다.

아파트 마당에 시장이 섰다. 가족들에게 별미라도 만들어 주려고 생선, 야채, 과일 등을 듬뿍 샀다. 땀을 흘리며 전도 부치고 나물도 볶고 찌개도 끓였다. 각각 다른 식성들을 헤아리며, 얼마나 바쁘게 움직였는지 땀이 흐르고 시장하기도 했다.

부침, 구이, 찌개, 샐러드, 나물, 식탁에 가득한 성찬이 내가 봐도 기특했다. 모처럼 별식을 보니 생각나는 이웃도 있었다. 해외에서 수고하다 오신 선교사님, 가까운 친구들, 이럴 때 방문이라도 오시면 얼마나 좋을까?

저녁때 가족들이 모였다. 기대에 부풀어 평소보다 빠른 시간에 식사를 재촉해 모두 함께 앉았다. 냄새가 좋은데? 오늘이 무슨 날이야? 김치도 세 가지를(배추, 열무, 총각) 나누어 꺼내고, 생선찌개를 뜨고, 마지막으로 우리 집 최고의 별미인 잡곡밥(현미, 보리, 찹쌀, 콩, 백미)을 담으려고 밥솥을 열었다.

아! 텅 비어 있었다. 쌀 씻기도 복잡하고 가장 중요한 것이라 특별히 잘 해보려고 뒤로 미루다가 깜빡 잊은 것이다. 나의 주특기, 이 맛있는 별미 밥, 식사의 주인공 잡곡밥이 빠진 것이다. 아! 실망. 와르르 무너진 꿈. 온종일 흘린 땀이 아까웠다. 찌개 냄새는 시장기를 자극하고, 밥을 한 숟갈 푹 떠서 먹고 싶은데 찬밥도 없었다. 힘이 빠져 더 이상 뭘 할 수가 없었다. 차라리 평소대로 한두 가지 만들어 먹을걸. 너무 많은 일을 한꺼번에 잘 하려다 보니 일어난 실수였다.

화도 나고 무안하기도 했다. 영문을 모른 식구들은 어차피 이른 저녁이라 과일과 부침개를 좀 들더니 슬며시 일어나 버렸다.

요즈음 이런 일들이 종종 일어난다. 언젠가 약속 시간을 잘 지키려고 아침에 미리 입은 옷을 오후 내내 찾다 지쳐서 결국은 늦어 버린 일도 있다. 귀한 친지의 회갑, 자녀 결혼식을 특별히 기념하려고 기다리다 당일에 깜빡 잊고 지나친 일도 있다. 실수가 나 개인으로 끝나지 않고 다른 사람과 관계 속에 일어났을 땐 문제가 될 수도 있다. 뒤늦게 꽃다발과 축의금을 들고 그분을 찾아뵙고서 축하하고 용서를 구했다. 이런 일은 자칫 안 하느니만 못할 수도 있어 용기가 필요하다. 그러나 진심으로 실수가 이해된다면 오히려 더 가까워질 수도 있다.

절대로 있어서도 안되지만 불가항력의 실수가 있었다면 반드시 정상으로 돌아가 관계를 회복한다는 것이 내 NG의 철학이다. 그러나 남에게 피해나 손해를 끼치는 일은 결코 용납될 수 없는 것이 NG의 한계이기도 하다. 반드시 보상이 있어야 한다. 내 실수를 통해 이웃의 실수를 이해하게 되고 자기의 한계를 느끼면서 이웃과 더 가까워지는 것 같다. 그럴 수밖에 없던 실수도 있고 조금만 주의하면 막을 수 있는 실수도 있다.

NG를 내면서 한 번씩 쉬어 가는 것이다. 잠시 주변을 정리하고 새로 시작하는 여유를 가질 수도 있다. 조금은 실수를 하자. 그리고 이웃의 허물도 즐겁게 봐주자.

잠깐 NG를 내고 웃으며 쉬어 간다면 오히려 활력소가 되지 않을까?

반주자

성가대 반주를 시작한 지 40여 년이 되어 간다.

새 곡을 연습하는 동안 한 주간이 지나고, 특별 행사나 부활절, 감사주일, 크리스마스 같은 절기를 맞아 연습에 몰두하다 보면 어느새 한 해가 지나가 버린다. 긴 연습에 딱 한 번의 연주로 하나님께 드려지는 찬양이기에 이면에 갖가지 에피소드와 잊을 수 없는 사건들도 있다.

한 번의 찬양을 위해 대원들과 연습도 많이 하지만 혼자서 또 다른 연습을 한다. 곡을 이해하려고 자꾸 부르고 연습해 본다. 반주자의 첫소리가 잘못되면 지휘자나 성가대 전체에 영향을 미치기도 한다.

곡의 전체를 알아야 되고 찬양하는 사람들과 호흡을 같이 해야 된다. 수고를 더 많이 하는 것이다. 부족한 부분을 위해 끝없이 연습하고 자기 감정에 치우치거나 흔들림이 없어야 한다. 반주자가 조급하거나 화가 나 있다면 곡의 흐름에 영향을 준다. 철저히 분수를 지켜야 하는 자리이다. 반주는 조연이다.

곡이나 가사가 좋아서 나도 대원에 끼고 싶을 때가 있다. 성가에 많이 사용되는 시편을 좋아해서 말씀을 읽다 성경과 가까워지게 되고 성가대원이 되어 합창에 참여한 적도 있었다. 파트 연습을 할 때 틀리면, "연습 좀 할 것이지." 하며 흉도 봤는데 막상 내가 해보니 생각처럼 안 되었다. 좋은 소리 내보려고 별짓 다하며 억지로 음정을 올리려다 이상한 소리가 나와 웃기도 했다. 음정을 잊어버려 찬양 중 옆사람 커닝도 하고, 느려지는 템포 때문에 박자기(메트로놈)를 옆에 두고 거울을 보며 연습도 해봤다. 그러나 뜨거운 가슴처럼 몸과 소리가 함께 따라주지 않았다. 몇 번의 외도가 있었지만 결국 반주를 하게 되니 이 일이 사명이고 하나님께서 내게 주신 은혜인 것 같다.

주일예배를 앞두고 갑자기 감기 몸살로 몹시 앓은 적이 있었다. 찬양 준비와 연습도 해야 되는데 몸을 움직일 수가 없었다.

지휘자에게 사정 얘기를 하고 급히 반주자를 구할까 했지만 너무 늦었다. 주일날 아침 악보를 보니 흔들리고 아물거려 제대로 눈에 들어오지도 않았다. 그러나 어쩔 수 없는 순간이다.

"하나님! 도와주세요!"

찬양이 시작되었다.

'엘리야의 하나님', 지휘자의 반짝이는 눈이 내게 사인을 보내고 나는 안개 구름 같은 시야 속에 전주를 시작했다. '엘리야의 하나님'은 곡과 가사가 좋아 특별히 잘해 보리라 기대했는데…….

현기증으로 시야가 뿌연데도 가슴은 뜨거웠다. 엘리야의 기도는 내 기도이기도 했다. 휴지부에서 전체의 찬양이 딱 끊기고 지휘자와 눈이 마주쳤다. 혼자서 연주하는 부분이 자연스럽게 흘러나오고 찬양이 끝났다.

'아멘!' 소리를 들은 것 같은데 나는 꿈에서 깨어난 듯 정신이 들었다. 이상하게 두통도 몸살도 사라지고 힘이 넘쳤다. 찬양의 효과일까?

'참 아름다워라'를 부르면서 곡의 아름다움에 취해 반복 부분을 잊어버리고 혼자서 계속 나간 적이 있다. 성가대는 처음 부분으로 되돌아가고 나만 혼자 계속 나가다 보니 서로 다른 부분을 연주하고 있었다.

악보를 뒤적거릴 수도 없고 진땀을 흘리며 맞추다 보니 벌써 끝 부분에 와 있었다.

'아! 이럴 수가.' 실수의 순간엔 빨리 그 자리에서 도망가고 싶어지는데, 그러나 놀라운 것은 그날의 찬양이 좋았다는 칭찬이었다. 지휘자와 대원들 아무도 모르는 나만이 아는 실수, 감동은 실수조차 아름답게 하는가…….

'복 있는 사람들'을 찬양할 때였다. 중간 부분에서 다시 앞으로 돌아가 전주를 시작하는 부분이 있다. 그날따라 가사와 피아노 소리가 너무 아름다워 처음 부분으로 되돌아가는 것을 잊어버렸다. 모두들 찬양을 멈추고 나를 바라보는데 그제야 감동에서 깨어나 전주를 시작했다. 실수의 순간인데 그 멈춤이 곡의 일부처럼 지나간 것이다.

가장 어려운 것이 찬송가 반주인 것 같다. 찬송가는 단순해서 첫 부분부터 알맞은 템포가 필요하다. 음 하나에 가사를 표현하는 정성과 영혼이 실려야 하는 것이다. 화려한 아르페지오나 갖가지 화음을 섞어 변주를 하더라도, 반주자의 과장되지 않은 신앙이 바탕에 있어야 한다.

반주를 잘하고 싶어 오르간을 배우려고 ○○신학대학 종교음악과에 편입한 적이 있었다. 제출 서류를 확인하는데 교무과 직원이 공부하실 분이 따님이냐고 물었다. 본인이라고 했더니 40대 후반의 늙은 학생이 이상한지 한참을 쳐다보았다. 이런 일이 처음도 아니면서 부끄러웠다. 밖으로 나오니 교수님이냐고 묻는 이도 있었다. 무지한 용기였을까? 음대 피아노과 졸업 후 기회만 되면 오르간을 배우려고 했지만, 그때는 가난했고 악기도 귀하고 레슨비도 엄청났다. 조그만 악기 하나에 천의 소리를 내는 오르간. 그 아름다운 음향효과에 꿈속에서도 오르간 소리를 들었다.

편입학 등록을 하고 악기를 배우는 동안 반복된 오르간 연습으로 가족들이 먼저 내 악보를 외우기도 했다. 강의실에선 선생님, 아줌마, 여사, 별별 호칭들을 다 붙여 주었고, 나는 결석이 출석보다 더 많았다. 한 학기를 끝내고 결국 오르간 공부는 미루어 둔 채 여지껏 꿈으로 남아 있다.

요즈음 전자 악기를 많이 사용하고 있다. 특별히 리듬, 가사, 창법 등 악기 사용에 절제와 훈련이 필요하다는 생각이다.

눈앞이 캄캄할 때, 말문이 막힐 때 찬양을 듣고 마음을 열기도 한다. 반주자가 끊임없이 훈련하는 것은 내면으로부터의 영혼의 소리로 들려지게 하기 위함이다.

생명

베란다가 환해졌다. 겨우내 버려져 있던 화분에서 주먹만 한 양란들이 피기 시작한 것이다.

꽃들은 작은 용기에 갇힌 뿌리에서 나오기 시작하여 구름같이 환한 꽃송이들을 터트리고 매일 위로 솟아오른다. 대나무 잎, 동양란들도 파랗게 잎들이 무성해가고 몸을 스칠 때마다 치자, 박하 향기에 한 번씩 놀라게 한다.

본래 꽃 가꾸기에 관심이 없는데다 지난 겨울엔 갑자기 생긴 질병으로 병원 나들이에 바빠 베란다의 화분 같은 것은 까맣게 잊고 있었다. 사철이 비슷한 아파트 기온인데 어찌 봄을 알고 꽃은 피는 것인지, 작년에 버렸던 이름 모를 씨앗들이 딱딱한 흙 위로 싹을 틔우는 것도, 볕을 향해 자라는 것도, 제각기 모양과 향기를 가진 것도 신기하기만 했다. 꽃들이 사람보다 더 정직해 보였다.

지난 겨울 갑자기 한쪽 귀의 청력에 문제가 생겨, 매일 아침 눈을 뜨면 오늘은 어느 병원에 가서 무슨 검사를 받아야 할지 암담하기만 했다. 계속되는 귀울림으로 머리는 멍해지고 몸의 각 기관이 모두 앓고 있는 기분이었다. 엑스레이, 많은 검사들, 약 먹기, 코 막힘, 치통까지 너무 불편해서 종일 아무 일도 할 수 없었다. 아침 되면 밤 기다리고 밤엔 날 밝기를 기다리며 시간을 보냈다.

하나님께 고쳐달라고 애원도 하고 눈물도 흘렸다. 금세 나을 것 같은데 귀는 그냥 있고, 때로는 그 자리에 쓰러질 것같이 답답하고 고통스럽기만 했다. 전문의의 말로는 청력에 약간의 문제가 생긴 것이라는데 불편한 중에도 선명하게 들을 수 있는 것이 신기하기만 했다. 숨쉬고 먹고 자고 병원 가는 일이 일과가 되었다. 즐기던 여행이나 모임, 집안일 등 아무것도 할 수 없었고 긴 겨울 겨우 교회 출입만 하며 지냈다.

가장 힘든 것은 가족들의 반응이었다. 나는 달라졌는데 여전히 내가 차려 줄 밥을 기다리고, 남편은 물론 친정 어머니까지 내가 불편하다는 사실을 잊은 모양이다. 저녁이면 쌓인 설거지, 방마다 청소하기, 엄마 이거요, 저거요……. "몸은 좀 어떠냐? 힘들지?" 하면서도 내 일과는 그대로였다. 날마다 절망하고 갈등과 방황을 되풀이하면서 "아이고 힘들어, 아- 어떻게 해!" 외마디가 터져 나왔다.

그런 와중에 조용히 시작된 베란다의 사건은 어둠 속에서 빛을 보듯 새로운 관심을 불러일으켰다. 나무들의 변화를 보면서 화분 앞에 쪼그리고 앉아 들여다보는 시간들이 많아졌다. 저것도 흙이라고 버린 씨앗이 어찌 봄을 알고 싹이 오를까? 왜 파랗지? 흰 잎에 꽃술은 왜 노랗고 붉을까? 파란 흰빛, 보라빛 꽃들은 너무 아름다웠다. 향기는 어디서 왔을까? 소리도 없으면서 사람들보다 훨씬 위로가 되고 힘이 되었다.

놀라운 것은 동양란이었다. 화분이 깨어져 뿌리째 버려둔 구석에서 파아란 잎들이 생기더니 실낱 같은 줄기에 매달려 새끼 손톱만 한 꽃이 맺힌 것이다. 숨이 멎을 듯 가슴이 조였다. 전에도 본 적은 있지만 동양란은 귀한 자리에 정성을 들여야 꽃이 피는 줄 알고 있었다. 이렇게 무관심한 주인이, 볼품없는 화분에 가꾸지도 않았는데……. 궁금해서 종일 들여다보고 감탄했다. 꽃은 계속 피었다. 눈 잎같이 작고 얇은 꽃들이 파란 잎 사이에 이슬처럼 매달렸다. 어디에 이런 힘이 있을까? 마른 뿌리 같은데 그 속에 생명이 있었던 것이다. 살아 있는 것은 자라는구나. 사람보다 지혜롭다. 눈물이 나오려 했다.

자세히 보려고 안경을 끼고 가까이 가서 향기를 맡았다. 부드럽고 은은하고 그윽했다. 모양도 예쁜데 향기까지……. 귀하고 소중한 동양란 네 송이. 너무 신비스러워 약간 고개를 숙인 듯한 꽃들을 손으로 슬쩍 건드렸더니 한 개가 떨어지려 했다. 스카치 테이프를 붙이고 나서 잘 붙었나 들여다보았다. 작고 여린 꽃송이가 집 안의 어떤 것보다 귀하고 아름다웠다. 예쁜 화분에 옮겨 보고 싶지만 다칠세라 그대로 두고 더 좋은 환경을 만들어 주었다. 꽃은 나의 화젯거리가 되었다.

"우리 베란다엔 난초가 있는데 오늘은 네 송이째고……."

조용히 나를 보는 듯한 느낌. 꽃의 침묵, 모양, 향기……. 잡초와 벌레까지도 반가웠다.

시간이 지나면서 이상한 것은 꽃을 보면서 몸의 불편함을 잊어버린 것이다. 생명의 힘, 자연의 정직함을 보면서 나도 변하고 있었던 것이다.

뭔가 하고 싶은 의욕과 용기가 생겼다. 그동안 잊었던 외출도 하고, 밖에 나가 운전도 해 보았다. 모두 가능했다. 예전과 달라진 것은 없었다. 스스로 포기하고 자기 속에 갇혀 있었던 것이다.

청력이 회복되리라는 기대가 생겼다. 무엇이 그렇게 변화를 주었을까? 화장도 하고 새 옷도 입고 외출도 했다. 봉숭아, 치자, 박하, 서양란, 동양란, 이 내 작은 꽃밭의 귀하고 소중한 보물들. 하늘, 햇볕, 바람, 비, 어둠까지 모든 것이 잔치 분위기였다.

드디어 지난달 상상도 못했던 캐나다 여행을 다녀왔다. 숲, 공원, 맑고 깨끗한 공기, 좋은 친구. 낮은 울타리와 도처에 잘 가꾸어진 잔디, 도시 전체가 인간이 꿈꾸는 도시 같았다. 꿈을 꾸는 듯 나는 몸이 아팠던 것도 잊어버렸다. 무성한 숲과 깨끗한 공기 속에서도 우리 집 꽃들이 궁금하고 보고 싶었다. 다음 여행지를 취소하고 급히 돌아왔다. 작은 꽃밭이 변화를 불어 넣은 것이었다. 생명의 힘이었다.

지금은 새 소리가 요란하다. 작은 몸집에서 어떻게 저런 소리가 나올까? 고장난 내 귀에도 크게 들린다. 꽃도 새들도 살아 있는 것들은 의사 표시를 한다. 말 없는 꽃들을 보면서 침묵도 언어임을 알게 되었다.

내게 일어난 변화들과 주변의 살아 있는 것들, 이 모든 것을 만드신 창조주께 감사 드린다.

한 이불 속 두 나라
-노부부 이야기

'부부의 날.' 눈만 뜨면 보는 사이인데 부부의 날이 왜 필요할까? 홀로 있는 사람은 오히려 싫은 날일지도 모른다.

요즘엔 백 세를 산다는데, 이혼이나 독신자들이 늘어가고 나이가 들면 한 쪽의 질병이나 사망으로 홀로 지내거나 재혼, 3혼 거치면서 늙어가는 모습이 안타까워 특별히 만들어낸 것일까? 상대방에 대한 기대보다는 가까운 친구라는 생각으로 함께 산다면 잘 지낼 수 있을 것 같은데······.

나는, 신앙만 빼고는 모든 것이 다른 남편과 결혼 50주년이 되어간다. 한 이불 속 두 나라처럼 서로 생각이 다르고 하루 일과, 자녀 교육, 음식, 모든 생활상이 다 다르다.

나이가 들면서 자기 주장은 더 강해지고 생각지 않던 부작용도 일어난다. 한 이불 속 두 나라가 이제 남과 북으로 갈라진 것 같은 느낌이다.

　자려고 누웠는데, 부부의 날에 맞춘 것인지 스마트폰에서 '어느 60대 노부부의 이야기'라는 노래가 계속 흘러나오고 있다.

　'곱고 희던 그 손으로 넥타이를 매어 주던 때'
　'어렴풋이 생각나오 여보 그때를 기억하오'

　나는 넥타이는커녕 이른 아침 출근하는 남편에게 식사조차 제대로 챙겨주지 못했는데…….　노랫말 속의 부부는 편안하고 행복해 보인다.

　'큰딸아이 결혼식 날 흘리던 눈물 방울이'
　'그 눈물을 기억하오'

　우리는 아이들 결혼식 때 너무 바쁘고 힘들어 빨리 지나가기만 기다렸다.

　'세월은 그렇게 흘러 여기까지 왔는데'

'다시 못 올 그 먼 길을 어찌 혼자 가려 하오'

급하게 질주하듯 달려온 우리의 세월은 흐른다는 느낌조차 없었다. 조용히 생각하며 노래를 들으니 구구절절 가슴이 아려온다.

새삼스럽게 뒤돌아보며 우리는 노래 속의 부부보다 못한 부부였나, 이런 일 저런 일 눈물이 나왔다.

넥타이는커녕 옷 한 번 제대로 갖춰 입고 외출한 적이 없을 만큼 우리는 사는 일에 너무 바빴다. 미안하오. 그래서 '부부의 날'이 있나 보다.

'세월은 그렇게 흘러 여기까지 왔는데'
'다시 못 올 그 먼 길을 어찌 혼자 가려 하오'
'여기 날 홀로 두고 여보 왜 한마디 말이 없소'
'여보 안녕히 잘 가시게'

몸 불편한 장수보다 건강하게 살다 가는 게 좋지 않을까. 백세를 누리고 가는 사람에게 혼자 가지 말라고 울지는 않을 것 같다.

노래 속에 잠겨 나를 돌아보며 눈물 흘리고 있는데, 인터넷 뉴스를 보던 남편이 갑자기 엉뚱한 얘기를 꺼낸다.

"강남 엘지아트센터에서 코로나19 퇴치를 위해 굿판을 열었다는데, 문화재청 주최, 외교부와 국민은행 후원에 외교 사절들을 불러다 관람시켰대."

"그래서요? 서울 강남에 웬 굿판이에요?"

내가 놀라자,

"그럴 수도 있지."

별일 아니라는 듯 말꼬리를 감춘다. 오랜만에 느껴보는 꿈 같은 감성이 다 사라져버렸다.

전쟁이 한창일 때, 우리 정부가 부산까지 밀려가면서도 대통령이 진해에서 예배를 드렸고, 성가대 지휘자 나운영이 그날 예배를 위해 '여호와는 나의 목자시니'라는 명곡을 만들었다는 가슴 뭉클한 일화도 있는데…… 벌어진 굿판이나 생각 없이 전해주는 남편도 못마땅했다.

매일 함께 성경을 읽고 예배를 드리면서도 남편과 나의 생각이 이렇게 다를 수 있을까? 방금 들은 노래 속의 노부부와는 너무 다른 모습이다.

얼마나 많은 부부들이 서로 다른 가치관으로 일상에서 갈등할까? 함께 산다는 것은 '한 이불 속 두 나라'가 아닌 자기를 던지는 사랑으로만 가능한 것 같다. 예수님, 그분이 보여준 사랑을 생각하면 못 할 것도 없다. 세월이 흘러 여기까지 왔는데, 모든 것을 공유하며 함께 가야지.

'여보 안녕히 잘 가시게'

노래는 클라이맥스에 이른 듯 '안녕히 잘 가시게'를 세 번이나 반복한다. 모든 부부의 마지막 모습이 아닐까?

걱정 마라. 잘될 거야!

친정 어머니께서 소천하셨다.

99세. 요양원에 계신 지 3년, 응급실에서 6일. 인공 호흡기를 떼고 이틀 만에 편안히 잠든 모습으로 숨이 멎은 것이다.

그동안 면회도 자주 하지 못하고, 특별한 날 요양원에서 코로나 검사를 거친 후 짧은 시간 만날 때면 어머니는

"○○야! ○○야!"

내 이름만 부르다 면회는 끝나버렸다. 청력이 약한 어머니는 대화를 나눌 수 없고 웃는 게 다였다.

"엄마! 미안해! 이렇게 끝나버릴 줄은 몰랐어……."

외딸인 나는 지금도 웃어 줄 것만 같은 어머니의 얼굴을 보면서 어찌할 바를 몰라했다.

장례가 끝나고, 귀가 후의 내 모습은 비참했다. 텅

빈 가슴에 종일 쭈그리고 앉아 아무것도 하는 일 없이 시간을 보냈다. 언젠가는 어머니가 내 곁을 떠난다는 것, 삶, 죽음, 생명에 대해서조차 깊이 생각해본 적이 없었다.

"엄마, 난 어떻게 살아!"

"……백세 할머니가 죽는 게 뭐 그리 대단한 일이라고……. 넌 언제나 철이 들래?"

어머니는 그렇게 말할 것 같다.

"그래도 엄마 없으면 못 살겠어."

"……다리 아파 누워 있는 네 남편 잘 도와주고, 건강하게 잘살아라."

"엄마, 모든 일이 내겐 힘에 겨워……."

"걱정 마라. 잘될 거야."

그동안 잊고 지냈던 어머니의 철학이자 좌우명이 생각났다.

"걱정 마라. 잘될 거야!"

죽을 만큼 힘들 때 언제나 내게 힘이 되어 주었던 이 한마디.

이 긍정의 힘은 어디서 오는 것이었을까.

젊은 날, 산후 후유증으로 한 달 가까이 병원에 입원해 있을 때에도 어머니는 '걱정 마라' 하셨다. 어머니의 말씀대로 나는 건강을 되찾았다. 남편이 무담보 수출로 큰 손해를 입었을 때에도 '걱정 마라'고 하셨다. 무엇을 믿고 걱정 말라고 하신 것일까. 남편의 빚도 다른 수입으로 무사히 해결이 되었다.

가난하고 끼니 걱정하던 시절, 밥 한 그릇 양손으로 붙들고 오랫동안 감사기도하는 어머니가 못마땅해서 곁에서 잠들어버려도 어머니의 기도는 계속되었다. 혼자서 외식하고 돌아오면 부뚜막에는 내 밥 한 그릇이 남아 있어 외식도 마음 편히 할 수 없었다.

"엄마, 미안해."

입밖으로 표현하지는 않았지만, 시간이 흐르고 나이가 들어가면서 많은 것을 이해하게 되었다.

어머니는 점점 형편이 나아지고, 내게도 많은 도움을 주셨다.

잔소리 없는 긍정의 말은 항상 힘이 되었고, 언제부터인지 나도 '걱정 마, 잘될 거야' 하면서 사소한 걱정거리에서 벗어나고 있었다.

'걱정 마, 잘될 거야'는 신앙인의 기본 자세이기도 하고, 그렇게 되려는 노력을 하게 되어 더 좋은 결과를 가져오는 것 같다.

그것은 어머니라는 절대 위치에서 오는 사랑의 힘이기도하고, 모든 인간이 태어날 때부터 하나님이 주신 살아가는 능력일 수도 있다.

'걱정 마, 잘될 거야!'
어머니를 잃고 힘들어하는 나 자신에게 다시 한 번 강조하면서 빈 가슴을 채워본다.

지구촌에서

찜통더위 속에서도 날마다 가슴 설레게 하는 신비로운 풍경이 있다. 오후 늦도록 남아 있는 태양의 잔영과, 밤이면 창 앞에 떠 있는 환한 달이다. 여름철 잔영은 지구가 태양 가까이 돌고 있을 때 빛을 많이 받기 때문이라는데, 동유럽 여행 중, 밤 내내 환한 백야를 처음 보고 놀란 적도 있었다. 내가 살고 있는 땅이 쉬지 않고 태양 주위를 돌고 있다니……

긴 세월, 이 넓은 우주 공간에 조금의 오차나 부딪히는 일도 없이 정확하게 돌아가는 지구, 생각할수록 놀라워 사람의 머리로는 이해하기조차 힘들다. 이런 일은 창조주 하나님만이 할 수 있는 일이다. 우주를 만드신 그분께 온갖 찬사를 보내며 감사를 했다.

성경 창세기 1장에 하나님께서 6일간에 천지를 창조하신 이야기가 기록되어 있다. 첫째 날 빛과 어둠.

둘째 날 하늘과 땅, 바다. 셋째 날 풀과 열매 맺는 나무. 넷째 날 해와 달, 별. 다섯째 날 물고기와 새를 만드시고, 여섯째 날 모든 육축, 그리고 마지막으로 인간을 창조하셨다.

넷째 날 해와 달, 별을 만드셨는데 이것이 태양계였을까? 하늘을 보고 있으면 가슴이 터질 듯 궁금증은 끝이 없다. 어느 목사님은 성경을 읽던 중 이해하기 힘든 것은 생선 가시처럼 남겨두었다가 천국 가면 물어보라고 하셨다.

북위 37.6도, 대한민국 서울, 이 땅은 지금도 쉬지 않고 움직이고 있다.

태양의 잔영은 예술 작품처럼 신비한 빛을 남기고 천천히 사라져 간다. 철학자라도 된 듯 하염없이 생각에 잠겨 있는데, 남편이 나를 부른다.

"저녁 안 먹어? 아홉 시가 넘었는데……."

"저녁이요?"

큰일 났다. 끓이던 국 냄비는 벌써 타버렸고, 굽던 생선은 숯덩이가 되어버렸다. 비싼 생선 먹지도 못하고, 잔영이 뭐길래…….

내가 태양 가까이 돌고 있는 지구 얘기를 꺼내자 남편은 지도를 들고 나와 내게 설명을 시작한다.

"초등학교 때 다 배우는데 그게 뭐 그리 대단하다고……."

"대단하죠. 날마다 우리가 돌고 있다는 게 느껴지나요?"

아는 것과 느끼는 것은 다르다. 머리와 가슴의 차이를 어찌 설명할까?

식사를 마친 후 달을 보려고 베란다 창 앞에 섰다. 어디선가 떨어져 나온 행성 돌덩이가 지구 주변을 돌면서 태양빛을 받아 저 아름다운 달빛을 만들어낸다니 놀랍지 않은가? 긴 세월 많은 사람을 울리고 위로하며 희로애락을 함께해온 달……. 나도 남편을 따라 동유럽 먼 나라에 살면서 달을 보고 눈물도 흘리고 위로와 감동을 받기도 했다. 달에 얽힌 사연과 문학 작품은 또 얼마나 많은가?

어디를 가도 따라다니는 지구에 하나뿐인 달, 창조주께서 지구에 부쳐 준 기막힌 선물이다.

식사를 마친 남편이 불쑥 말을 꺼낸다.

"새로 여권도 만들었는데 여행 안 가?"

"여행이요? 여기보다 더 좋은 데가 있을까?"

내가 사는 이곳이 최고의 여행지인 것 같다. 아침이면 밝아 오는 햇빛과 저녁이면 온 하늘을 물들이며 사라지는 석양에 감동하고…….

　우주 공간, 태양의 주변을 돌고 있는 별 하나, 그곳에 70억의 사람들이 살고 있다. 지금은 21세기, 상상조차 할 수 없는 과학의 발달로 우주의 신비가 조금씩 드러나고, 이제 지구촌은 한 동네를 이루고 있다. 우리는 함께 살아가고 있다.

　같은 시대에 살아가는 사람들을 사랑하고, 생명을 주신 창조주 하나님께 감사한다.

감동을 주는 사람

신종 코로나 바이러스가 유행하는 동안 집 안에 갇혀 있다 보니 그동안 몰랐던 많은 것들을 알게 되었다.

처음 며칠은 편하고 좋았지만, 계획 없는 휴식은 시간이 지날수록 힘들기만 했다.

책읽기를 시작했다. 우리나라 역사와 세계사, 그리고 박경리, 박완서, 노천명의 소설, 수필집, 노벨 문학 수상 작품들……

스마트폰에 책 읽어 주는 앱이 있어 좋은 글도 맘대로 찾아 들을 수 있었다. 내가 몰랐던 것이 이렇게 많은지. 항상 바쁘게 살면서 많은 것들을 잃어버리고 있었던 것 같다.

그러나 이상한 것은, 쉬면서 읽는 책들은 공감이 잘되질 않고, 읽다가 잠들거나 다음날엔 그 내용도 잊어버렸다. 절박한 삶 속에서 느끼는 동기나 목표가 없는 탓인지 감동이 별로 없었다.

며칠이면 끝날 줄 알았던 외출금지 기간이 길어지고 세계적으로 확진자가 더 많아졌다.

몸 불편한 남편을 생각해서 외출도 금하고, 불규칙한 하루 생활에 밤낮의 개념도 없어져 살고 있는지 죽어가고 있는지조차 실감이 나질 않았다.

잠 못 이루는 밤이면 스마트폰을 곁에 두고 많은 음악을 들었다.

이 땅에 언제 이렇게 인재들이 많아졌는지 놀라운 연주 개인기들이 많이 소개되고 있었다. 음악을 전공했지만 처음 듣는 곡들도 많았다.

그러다 어느 날 가슴 떨리게 하는 놀라운 일이 일어났다.

내가 좋아하는 푸치니의 오페라 토스카 중 아리아 '별은 빛나건만'이 들려오는데 파바로티나 카르소와는 다른 신비로운 목소리……. 음악을 전공한 나도 들어보지 못한 소리이다.

누구지? 벌떡 일어났다.

한 젊은 청년이 숨 넘어갈 듯 '별은 빛나건만'을 부르고 있다.

이름도 모르는 성악가인데 우리나라에 저런 소리를

내는 사람이 있었나?

20대 후반의 젊은이가 똑바로 서서 지구의 공기를 다 토해내는 듯 넘치는 성량과 애절한 목소리로 아리아를 부르고 있다. 풍성하고 아름다운 소리였다.

사람의 몸에서 어떻게 저런 소리가 날까? 넘치는 성량과 감성으로 가슴 뛰게 한다. 마음을 움직이게 하는 것은 재능이 아닌 감동인 것 같다.

누굴까? 관심을 가지고 성악가를 찾아보았다. 그리고 또 한 번 놀랐다. 최근 새로 뽑힌 '7인의 트롯인' 중의 한 사람이었다. 그가 부르는 트롯도 가슴을 뛰게 했다.

노래가 주는 감동, 어떻게 이런 일이 있을 수 있을까? 성품이나 음악 수업, 훈련의 영향도 있겠지만, 누구나 가질 수 없는 특별한 재능인 것 같다.

이 땅에 신동이나 천재들은 수없이 많다. 저마다 별별 새로운 재능과 기술을 자랑한다. 노래, 춤, 악기, 정신을 못 차리게 현란한 모습들이 줄줄이 끝도 없다.

그러나 새로운 기술이나 좋은 소리에 감탄을 하지만 감동을 주는 사람은 귀하다.

앞으로는 인공지능 로봇도 사람보다 더 잘해낼 수 있을지 모른다.

가슴 뛰게 하는 감동, 어떤 재능이나 노력만으로는 느낄 수 없는 것. 그것은 하나님과 인간, 사람과 사람을 연결하는 끈이기도 하고, 우리를 살게 하는 힘이기도 하다.

하나님이 아담을 만드신 후 생기를 불어넣으시며 감동도 함께 주신 것이 아닐까?

죽을 것처럼 우울하던 시간들이 생기가 넘치고 음악 치료라도 받은 느낌이다. 주변에 감동을 주는 일들이 넘치고 있어도, 우리는 습관적으로 흘러가는 시간에 익숙해져 잊고 사는지도 모른다. 음악과 함께 집 안 생활을 즐기면서 힘든 기간을 넘겼다.

나도 이웃이나 가족들에게 감동을 줄 수 있는 사람이었으면 좋겠다. 코로나19가 주고 간 뜻밖의 수확이기도 하다.

기다림

2020년초부터 TV조선에서 주최한 트롯맨 경연대회가 있었다.

다양한 출연자들의 자유로운 노래부르기, 넘치는 끼와 재능이 세계적인 문화 사업이라도 할 만큼 대단했다. 경연이 계속되는 동안 눈에 번쩍 띄는 출연자를 보게 되었다.

풍부한 성량과 신비한 음색을 가진 젊은 성악가, 음악을 공부한 나도 처음 듣는 감동적인 목소리였다. 힘들게 성악을 공부한 젊은이가 대중가요를 부르는데, 노랫말이나 표현이 성악과는 다르게 우리 삶의 희로애락이 느껴진다. 그 많은 노래와 가사들은 언제 이렇게 외웠을까?

그가 부른 성악곡 '네슨 도르마'나 '별은 빛나건만', 우리 가곡의 '산노을', 찬양곡들도 찾아서 들어봤다.

노래마다 감동되었고, 이미 고등학교 시절에 대한민국 인재상을 수상했다고 한다.

마치, 잠자는 공주처럼 깊이 잠들었다가 21세기에 깨어난 듯, 그의 음악은 소리, 몸짓, 언어까지 새롭고 신기해서 충격을 주었다.

그는 많은 노래를 불렀고 좋은 성적으로 입상하자, 그의 스승과 수업 과정에 대해 궁금증을 갖게 되었다.

성악가 김호중, 그는 청소년 시절 파바로티의 노래를 듣고 성악가의 꿈을 꾸었다고 한다. 그러나 할머니 손에 자라면서 돈이 없어 음악을 포기하려 했는데, 김천예고의 서수용 선생님을 만나게 되고 음악 수업을 받게 되었다. 서수용 선생님은 독일 유학을 다녀오신 정통 테너이시고 대학 강사를 거쳐 김천예고에 교사로 오신 분이다. 어느 날 선생님의 후배 한 분으로부터 전화가 왔는데 뛰어난 목소리를 가진 학생이 있으니 한 번 들어보시고 맡아주시면 좋겠다는 부탁을 받았다.

만나자마자 학생은 선생님의 테스트에 응했고, 성악 전공자도 부르기 어려운 테너곡 '별은 빛나건만'을 불렀다. 선생님은 그의 뛰어난 목소리와 훌륭한 노래 솜씨에 놀랐다고 한다. 이 고난도의 성악곡을 연습 한 번도 없이 완벽하게 부르다니……

재능을 가진 학생과 선생님의 만남은 하나님의 인도하심인 것 같다.

"너는 평생 노래로 먹고살 수 있겠다."

선생님의 감탄의 말에 감격한 학생은 말씀대로 따르겠다고 약속했다.

"내가 이 아이를 만나려고 이렇게 먼 곳을 돌아왔구나. 이 학생은 하나님의 선물이다."

선생님은 학생과의 만남을 감사하였고, 그로부터 본격적인 성악 수업이 시작되었다.

대구에서 학교가 있는 김천까지 두어 시간 거리를 자신의 차에 태우고 6개월 동안 등하교를 했다. 그가 사람들에게 알려지고 그의 스승과 인터뷰가 있었다.

나는 또 한 번 놀랐다.

그 스승에 그 제자라는 말이 있다.

선생님은 "교육은, 학생과의 신뢰와 감동, 그리고 기다림"이라고 했다. 학생과 절대적인 신뢰와 사랑을 바탕으로 기다리는 일. 우리의 상식이나 고정관념으로는 쉽지 않은 일이다. 신앙을 바탕으로 하는 학교의 교육 지침과 앞서가는 21세기형 교육 목표가 느껴진다.

우리는 경제 성장기에 너무 바빠서 자녀들에게 모든

일에 "빨리 빨리"를 강요했다. 넉넉한 수입, 안정된 직장이 어른들의 바람이었고, 자녀의 입장에서 자유롭게 꿈을 꾸고 하고 싶은 일을 하며 산다는 것은 꿈 같은 일이었다. 급할 때는 소리쳐 기도하고, 자녀들에게 부모의 생각을 강요하면서 최선이라 생각했다.

성악을 공부한 학생이 대중가요를 부른다고 했을 때 선생님의 생각은 어땠을까? 제자에 대한 신뢰와 가능성을 믿었기에 동의했을 것 같다.

하나님께서 사람마다 주신 재능이 있고, 스승은 학생이 자유롭게 그 길을 찾아가도록 도우며 기다린 것이다. 기다린다는 것. 스승에게도 믿음과 인내, 용기가 필요한 일이다.

그는 경연대회의 마지막 순서로 스승께 바치는 '고맙소'라는 노래를 불렀다.

"……이 나이 되어서 그래도 당신을 만나서
고맙소 고맙소 늘 사랑하오

못난 나를 만나서 긴 세월 고생만 시킨 사람
이런 사람이라서 미안하고 아픈 사람

나 당신을 위해 살아가겠소
남겨진 세월도 함께 갑시다

고맙소 고맙소 늘 사랑하오"

그의 진심 어린 감사의 목소리와 스승의 수고에 감동
되어 눈물이 나왔다. 노래하는 사람도 눈물이 맺혔다.
그의 노래가 많은 사람들에게 감동을 주고, 위로하
며 꿈을 꾸게 하기 바란다. 스승에게는 보람을, 하나
님께는 기쁨을 주는 세계적인 아티스트가 되기를 기
대해본다.

산노을

길 건너에 고층 아파트가 들어서면서 오후면 즐겨 보던 석양을 볼 수 없게 되었다.

저녁 하늘을 붉게 물들이며 서서히 사라져가는 하루 의 마지막이 어찌 그리 아름다운지. 날마다 보면서도 처음인 듯, 하루의 피로를 잊게 하고 행복한 내일을 꿈꾸게 했었다.

갑자기 못 보게 된 석양빛은 가려진 건물 사이로 삐 죽 내비치며 나를 더 안타깝게 한다. 그나마 잔영을 볼 수 있는 것만도 다행이라는 생각이 든다.

언젠가는 내가 즐기던 저녁 노을을 다시 볼 수 있을 까? 그렇다고 갑자기 이사할 수도 없고…….

저녁과 아침의 변화도 무감각해진 요즘, 우연히 '산 노을'이라는 우리 가곡을 듣게 되었다. 음악을 전공했 으면서도 처음 듣는 곡인데, 아마도 나의 잃어버린 노을이 곡의 주제가 되어서 반가웠던 것 같다. 더구나 노래 부르는 성악가의 풍성한 성량과 그리움이 가득한 음색이 나의 허전한 가슴을 노을빛으로 물들인 것 같다.

이 노래의 작사자 유경환(1936-2007)은 시인, 동화작가이고 작곡자 박판길(1928-1998)은 나의 스승이기도 하여 더욱 반가웠다. 이 곡을 들으면서 지나간 날들이 떠올라 그분들에 대한 그리움과 아쉬움이 더했다.

"먼산을 호젓이 바라보면 누군가 부르네"

약간 느린 단조에 한마디 한마디 새겨진 노랫말들을 그냥 지나칠 수가 없다. 먼 산은 멀리 지나간 날들의 그리움, 머언 산이라는 말만으로도 외로움이 느껴진다. '호젓이', 혼자의 고독한 시간, 누군가 부르는 소리, 그것은 흘러간 시절의 자신을 향한 그리움일 수도 있고, 지나간 날 누군가의 그리운 모습일 수도 있다.

"산 너머 노을에 젖는
내 눈썹의 잊었던 목소린가"

가슴에 스미지 못한 채 내 눈썹을 스쳐가는 그리움…… 고층 아파트 벽 사이로 삐쭉 내민 노을빛 같기도 하다.

"산울림이 외로이 산 넘고
행여나 또 들릴 듯한 마음"

가슴에 들어올까 봐 피해가는 외로운 산울림이 온몸을 울리고…….

"아아! 산울림이 내 마음 울리네"

'아아!'는 이제까지의 모든 느낌이 절정에 이른 듯, 가장 높은 음높이에 가슴이 뭉클하고 목이 메인다. 이 '아아'라는 감탄문은 무엇으로도 대신할 수 없는 결정적 표현이고, 노래를 부르는 사람은 폭발할 것 같은 감정과 곡 전체의 클라이맥스라는 느낌을 갖게 한다. 시인도 성악가도 그동안 눌러온 감정들을 있는 그대로 표현하고, 듣고 있는 나도 함께 소리치고 싶다.

"산울림이 내 마음을 울리네"

그러나 쏟아내지 못한 절제된 표현은 오히려 그리움과 외로움만 더하게 하는데……

"다가오던 봉오리 물러서고
산그림자 슬며시 지나가네"

지나가는 산그림자에 흘러가버린 시간과 사라져버린 온갖 풍경들이 여운을 남기며 노래는 끝났다.

눈물이 나왔다. 시야에서 사라져버린 나의 저녁 노을이 가슴속으로 가득히 들어와 있는 것 같다.

멀고 가까운 아파트들이 노래 속의 산들처럼 그림자를 만들고, 힘없던 나의 오후가 '산노을'을 통해 다시 살아나 새롭게 감동을 준다.

지금은 노래가 필요한 때인 것 같다.

팬덤이 뭐길래?

노부부가 마주 앉아 아침에 읽은 성경 다시 읽고, 같은 기도를 반복하며 하루 몇 번씩 예배로 시간을 보내다 보니 중세수도원이 상상된다.

코로나 영향도 있지만 외출도 삼가고 식사는 주문 음식으로 대신하면서 하루 일과도 단순해지고, 삶의 생기가 느껴지지 않는다. 살고 있는지 죽어가고 있는지…….

TV뉴스나 즐겨 보던 드라마도 관심이 줄어들고, 요즘엔 유튜브를 통해 대중가요들이 쉽게 귀에 들어온다. 가요를 듣다보니 뜻밖에 실감나는 가사나 시시콜콜 나의 마음을 표현하는 노랫말들도 있어, 쉽게 공감하고 부담 없이 듣게 된다.

우리의 삶을 표현하는 노랫말들이 이렇게 많이 있었다니. 음악을 전공하면서 느꼈던 우리 가곡이나 클래식 음악을 분석하며 듣는 부담도 없다. 좋아하는 노래나 가수에게 친밀감을 갖게 되면 위로와 사랑을 느끼게 되고, 비슷한 이웃들과 무리가 형성되어 함께 즐기는 공동체(팬덤, fandom)가 자연스럽게 만들어지는 것 같다.

그러고 보니 나도 젊은 날 첫아이를 낳고 산후 후유증으로 고통의 시간을 보내면서 조OO 씨가 부른 '창밖의 여자'를 듣고 너무 좋아 그 노래와 가수에 빠졌던 때가 있었다. '창밖의 여자'는 가사와 곡, 그리고 가수의 목소리까지 들을 때마다 숨이 넘어갈 듯 감동을 주었다.

"누가 사랑을 아름답다 했는가
차라리 그대의 흰 손으로 나를 잠들게 하라"

그뿐 아니다. '대전발 영시 오십분'이라는 노래는, 고향인 목포를 가는 완행열차를 타면 새벽 영시 40분쯤 대전역에서 잠시 멈추는데, 그 시간 기차에서 내려와 우동 한 그릇을 후루루 먹어치우고 급히 기차에 올랐다. 그 시절의 애환이 담긴 이야기를 그 가수가 부르고 있는 것이다.

"잘 있거라 나는 간다……
목포행 완행열차"

구성진 목소리와 구구절절 실감나는 노랫말들이 심란한 가슴을 위로하고, 많은 노래를 듣다 보니 자연히 그에게 관심을 갖게 되어 그가 부른 노래와 함께하며 어려운 시간을 보냈던 것 같다.

그가 공연을 하게 되면 많은 군중이 모여 소리를 지르고, 새 곡이 나오면 무리지어 따르는 사람들로 공연장은 인산인해를 이루었다. 마치 사람의 물결을 보는 듯했다. 소위 팬이 되고 수없이 많은 사람들이 그를 따르며 팬덤fandom을 형성하고 있었던 것이다.

이 친밀감은 가수를 통해 자신을 표현하는 대리만족이기도 하고, 함께 즐기는 이웃들과 공동체를 형성하기도 한다. 남녀노소 어찌나 사람들이 많은지 멀리서 보면 바다의 물결을 보는 듯 했다.

나는 따라다닐 용기도 없어 끼지도 못했지만, 정말 그의 노래들을 좋아했다.

세월이 흐르고 환경도 바뀌고 노년이 된 지금, 나는 그때 일은 다 잊었고 또 다른 노래꾼의 새로운 노래에 관심을 갖게 되었다. 좋은 목소리나 감동적인 가사를 듣게 되면 자석처럼 이끌리고, 자신의 일부인 듯 공감하게 된다.

성가대 반주를 하면서 많은 찬송가를 부르고 감동하면서도, 대중가요가 위로가 되는 것은 삶의 희로애락이 실감나게 담겨 있기 때문일까. 시대를 따라 환경에 따라 좋아하는 대상도 달라지는 것 같다. 마치 물이 흐르는 것같이 세월 따라 변하는 것이 인간의 자연스런 모습인가 보다.

사람은 늙어가고 환경은 빠르게 변한다. 요즘처럼 인공지능이 인간을 대신하는 시대. 다음엔 무엇이, 어떤 힘이 등장할까. 궁금하고 두렵기조차 하다. 그러나 아쉬워하거나 놀랄 일은 아니다. 사람도 함께 변하고 있으니까. 바뀌는 환경이나 시간의 흐름 따라 좋아하는 노래나 스타가 바뀌는 것이 이상한 일은 아니다.

젊었을 때와 나이 든 요즘 달라진 것이 있다면 육칠십 대 노년들도 아낌없이 자기표현을 한다는 것이다. 소녀시대가 아닌 노인의 시대가 오고 있는가? 장수하는 시대에 바뀐 환경 때문일까. 오히려 더 적극적이고 힘이 있어 보인다. 놀라운 변화인데 싫지는 않다. 좋아하는 가수나 스타의 사생활에 피해를 주거나 타인에게 방해가 되지 않는 한 표현은 자유니까.

더구나 지금처럼 힘든 시기에 빈 가슴 긴 고독을 어찌 해야 하는지? 누군가를 사랑하고 함께 즐거워할 수 있다면, 물 흐르듯 자연스러운 현상일 수도 있다.

지금처럼 종일 두 내외가 마주 앉아 말씀 읽기와 기도로 수도원 생활을 하는 것만이 바람직한 노후의 삶은 아닐 것이다. 더구나 요즘같이 살기 힘든 시기, 빈 가슴이 주는 고통에 젊고 늙음이 있겠는가? 바르고 생산적인 일이라면 남에게 피해를 주지 않는 범위에서 활기찬 삶을 위해 무언가 시도해 보는 것도 좋은 일 같다.

피고 지는 봄꽃들, 푸르러 가는 나무들. 자연 속에 오고 가는 아름다운 것들을 보면서 누군가를 좋아하고, 그가 부르는 노래를 함께 즐기는 것은 자연스러운 현상이 아닐까?

팬덤. 아름다운 노래나 가수, 스타를 사랑하면서 만들어지는 군중의 힘이 더 좋은 사회를 만들고, 어려운 이들을 살리는 아름다운 방향으로 흘러갔으면 좋겠다.

*팬덤fandom : 어떤 대상(스타, 가수, 운동 선수 등)의 애호가fan들이 모인 집단.

지구촌의 하루

가까운 친구의 임종 소식이 전해졌다. 할 말도 많았는데 마지막 인사도 못하고 떠나버려 안타깝고 허무했다.

우리는 전공(이과와 예체능)도 종교도 달랐지만 모든 대화가 가능한 좋은 친구였다. 음악, 정치, 경제, 불평이나 고민거리까지…….

장례식장을 찾았다. 코로나 탓인지 복도에 조화만 가득해 쓸쓸함을 더하는 것 같다. 그래도 다행히 마지막 임종예배와 신앙고백이 있었다고 하니 위로가 되었다.

하나님께서 불어넣어 주신 생기와 그리스도의 사랑으로 친구는 믿음을 가지고 떠나간 것이다.

집으로 돌아오니 오후의 석양빛이 여전히 내 집 뒷창을 환하게 비추고 오래도록 사라지지 않는다. 이제는 누구와 지구촌 얘기들을 나눌까. 그 많은 세상의 관심거리들은 잊혀진 얘기들이 되고, 내 삶의 한 부분이 사라져버린 것 같다.

성경에 "인생은 풀과 같고 그 영화는 풀의 꽃과 같다"는 구절이 있다.

"잠시 있다 사라지는 안개" 같은 생명이라는 표현도 있다.

그러나 이 지구촌에서 우리는 가족, 부모, 형제, 친구들을 만나고, 온갖 역사와 놀라운 예술 작품들, 사랑과 행복, 넘치는 감동을 체험하기도 한다.

지구촌의 삶이 하루처럼 짧다 해도 누가 이곳의 일을 잊겠는가? 다만 이곳을 떠나는 날, 사랑하는 사람과 헤어지는 것이 섭섭할 뿐 누구나 "잘살고 간다"고 감사할 만한 곳이 아닌가.

허무한 가슴을 위로라도 하는 듯,

"너무 슬퍼하지 마세요. 나는 영원히 당신 곁에 남아 살아갈 거예요. 날 보세요. 얼마나 멋있는지. 하루를 품고 당신을 찾아왔잖아요. 내가 주는 행복, 만남은 절대 불변 영원할 거예요. 변함없이 사랑해요."

불그레한 노을빛이 내게 말하는 것 같다.

노을이 사라지고 어둠이 찾아왔다. 자려고 누웠는데

창밖에 놀라운 일이 일어나고 있다. 바로 앞 산에 달이 떠올라 창 앞에 와 있는 것이다.

지구촌의 명물, 하나뿐인 달이 온 하늘을 비추고, 멀리 반짝이는 별들이 내가 누운 머리맡으로 쏟아져 내릴 것만 같다.

오늘 따라 달빛이 왜 이리 밝고 고운지. 처음 보는 것도 아닌데……

떠나간 사람, 살아 있어도 만나지 못하는 그리운 사람들을 헤아려보았다. 그들은 이 아름다운 것들을 기억하고 있을까?

신약성경의 13권을 쓴 '바울'이라는 사람은 삼층천(낙원)에도 갔었다고 하는데……. 지구의 삶이 끝나면 하나님이 다스리는 아름다운 어느 곳엔가 가게 될 것이라는 꿈을 꿔 본다.

어느 날 우주의 별들이 함께 움직여 만나게 되지는 않을까? 때로는 하늘을 날아 별들을 찾아가 누가 살고 있는지 확인해 보고 싶기도 하다.

지구라는 흙덩이도 우주에 빛나는 별이라는 것이 새삼스럽다. 누군지 멀리서 이 지구별을 보고 있지는 않을까?

아침 햇살, 고운 황혼, 밤하늘의 별들은 온갖 아름다

운 꿈을 꾸게 한다.

　지구촌에서의 하루, 창조주가 주신 귀한 선물인 것

같다.

*바울 : 기원전 5년 전후에 소아시아 다소에서 출생.
　　　 다메섹으로 가던 길에서 부활하신 예수님을 만나 회심한 후
　　　 복음을 전하다 기원후 67년 네로 황제 때 순교했다.

어머니

한밤중 인기척에 놀라 잠이 깨었다.

95세 된 노모와 워커를 밀고 다니는 남편이 각자 식탁으로, 화장실로 가던 중 마주친 것이다.

얼마 전 요양원에 계시던 친정 어머니를 모셔왔는데, 청력이 약해 의사소통도 잘 안 되고, 거동이 불편해 휠체어를 타신다. 다리가 불편한 남편과 일이 서툰 나까지 노인 셋이 어슬렁거리며 한집에서 겪는 사건들이 그치지 않는다.

두 사람이 각각 제자리로 돌아가고 다시 잠을 청해보지만, 이렇게 계속되는 매일을 상상해보니 한숨이 저절로 나온다.

어머니는 요양원 생활에 이곳 기억을 잊었는지, 자신이 어디에 와 있는지 분별이 잘 안되는 것 같다.

아침식사는 또 어떻게 하나. 날이 밝아오는 것이 두

렵다. 어지럽고 다리는 후들거리고 눈물방울 떨어뜨릴 힘조차 없다.

식사 내용도 셋이 각각 달라 나는 끼니를 거를 때도 많다.

또 한마디 하려면 온 집이 떠나도록 목청껏 소리를 내야 하는데, 유난히 말없는 남편 앞에서 웃음이 터지거나 눈물이 나올 때도 있다.

태어나서 이렇게 힘들기는 처음이다.

아침 준비를 해보려니 먹을 것도 별로 없고 인스턴트식품도 다 떨어졌다. 쓰레기 버리는 일도 시간이 걸리고, 식사 기피증까지 생기려 한다. 요즘에는 식사를 거르거나 약 먹는 일까지 잊고 지나는 일이 많아졌다. 중요한 일을 지나쳐 버리기도 한다. 기관을 통한 도우미나 사적인 도우미도 청해보지만 별로 달라지는 것은 없는 것 같다.

식사를 마치고 습관대로 아침예배 시간을 가졌다.

"네 부모를 공경하라 그리하면 너의 하나님 나 여호와가 네게 준 땅에서 네 생명이 길리라."

가족들의 행사 때마다 자녀들에게 힘주어 읽는 말씀인데 새삼스럽게 힘이 빠진다. 도저히 사람의 힘으로 안 될 것 같아 법을 만들고 계명으로 명령하셨나 보다.

자식은 사사건건 사랑하고 힘들여 양육하였지만, 자식한테 부모는 언제부터인가 잊혀가는 존재가 되어버렸다.

십계명까지 법을 만들어 지키라고 명령하신 부모 공경은 어떤 것일까? 하나님을 사랑한다면 명령은 지켜야 되는데 나는 제대로 하고 있는 것일까?

요즘은 백세시대를 맞아 장수하는 분들이 많아지고, 정상적인 생각을 할 수 없는 기억상실, 치매 환자도 많아져 가족들이 고통을 겪기도 한다.

예배 때마다 어머니의 기억이 회복되게 해달라고 기도하지만 새 날은 그대로이고 오히려 달라진 것은 나인 것 같다.

"하나님, 어떻게 해야 합니까?"

"있는 그대로 살아라."

상대방의 입장에서 생각하고, 실수하면 또 시도하고, 넘어지면 일어나고, 그렇게 살면 되는 것이다. 내가 할 수 있는 그 이상은 바라지 않기, 내가 내린 결론이다. 완전하기를 바라거나 집착을 버려야 이런 편안함이나 행복을 공유할 수 있을 것 같다.

내가 신앙이라고 붙잡고 있는 원칙이나 질서는 어떤 것일까? 내 모든 짐, 생각까지 다 내려놓고 그분의 말씀 속으로 들어가 보았다. 내가 할 수 있는 그 이상의 것은 그분께 맡겨버리고…….

"너희 염려를 다 주께 맡기라. 이는 그가 너희를 돌보심이라."

두꺼운 나무껍질 같은 집착들을 벗겨내버리고, 있는 그대로 부모를 사랑하는 것은 행복한 일이기도 하다.

"이로써 네가 잘되고 땅에서 장수하리라."

그리고 보니 어머니가 오신 후 달라진 것이 있다. 경제도 풍성해지고 자녀들 출입이 잦아져 화목에도 한 몫을 하는 것 같다.

조연助演 50년

결혼 50주년을 맞는다. 백세 시대에 50년의 의미는 어떤 것일까? 길고 짧음도 잘 모르겠지만 평생 조연으로 살아온 느낌이다.

남편과 나는 장남, 장녀에 출생지, 성격, 전공 모든 것이 너무 달랐다. 가장 불편한 것이 남편의 느리고 작은 말소리였는데, 바쁘고 급할 땐 의사 전달이 느려 상대적으로 나는 말소리가 커지고 혼자서 일을 하거나 수다스러운 사람이 되어버렸다. 함께 겪은 일이나 크고 작은 문제들도 많은데, 힘들 때는 방안에 틀어박혀 큰 소리로 울기도 하며 두문불출 기도에 힘쓰기도 했다.

남편은 1960년대 신진 코로나, 70년대에 한국지엠 시보레를 거치며 우리나라 자동차 초창기 멤버로 많은 일을 했다. 아침 일찍 나가고 저녁 늦게 퇴근하고 해외 출장도 많아, 자면서도 영어로 잠꼬대를 했다. 그렇다고 수입이 많아진 것도 아닌데 나는 집안일, 경제, 거기에 자녀 교육, 가족 관계도 상대적으로 많을 수밖에 없었다. 피아노를 전공한 나도 바쁘기는 마찬가지였다. 계속하고 싶은 오르간 공부가 있고, 성가대 반주, 피아노 레슨……. 그때가 우리나라 경제 성장기였던 것 같다.

아무리 바쁘고 힘들어도 남편의 의사에 따르고 그를 돕는 것이 우선이었다. 이것은 친정 어머니의 강력한 가르침이기도 했다.

단독주택에 살면서 밤마다 칼자루 들고 벌건 연탄을 자르던 기억이 난다. 모두들 잠든 시간에 탄 불을 꺼뜨리지 않으려고 아직 타고 있는 연탄을 바꾸기도 하고, 열이 너무 강해 떨어지지 않을 땐 칼로 잘라낸 것이다. 달이 밝은 밤엔 내 모습에 웃기도 하고, 어두울 땐 무섭기도 했다.

아침에 일어나면 무슨 일을 먼저 해야 할지 한참 생각하고, 한 끼 식사 준비에도 시행착오를 했다. 날마다 해온 집안일이 왜 이렇게 서툰지. 냄비에 끓이던 국을 태우거나, 힘들여 만든 음식이 상해서 버린 일도 부지기수였다.

하루에 몇 가지 일을 해내자면 예의 바른 여성의 모습이나 여유로운 시간을 가질 수도 없었다. 급한 일이 있을 때는 한쪽 눈썹만 그린 채 외출을 하거나, 중요한 약속을 잊어버리고 변명하느라 진땀을 흘린 적도 있다.

나는 바보였을까?

그러나 꼭 필요한 일은 전쟁을 하듯 일에 집중해서 좋은 결과를 가져오기도 했다. 내가 어떤 아내인가는 남편이 평가할 일이다. 부족한 반쪽이었을까, 넘치는 반쪽이었을까? 모르겠다.

무엇이 나를 살게 했을까? 나를 위로해 주는 것들이 주변에 많이 있었다. 아침에 떠오르는 태양과 붉게 물들이며 사라져가는 석양, 철따라 피고지는 꽃과 나무들…….

관악산이 보이는 이 집에서 30여 년이 되어 간다. 철이 바뀌면서 자연이 주는 감동에 시간이 흘러가는 것도 잊고 사는 것 같다.

여름이면 못난 아카시아 나무가 풍기는 진한 꽃향기, 가을이면 꽃보다 아름다운 단풍들, 작은 꽃에 열린 큼직한 배를 보면서 웃기도 했다. 겨울이면 손님처럼 찾아오는 흰눈도 반가웠다.

우리를 살게 하는 중요한 한 가지가 또 있다. 신앙의 동질성이다. 신앙 동료, 말씀과 기도가 원칙이 된 믿음의 사람, 이것은 어떤 세상의 조건들보다 힘이 있고 설명이 필요 없는 완전한 끈이기도 하다.

"우리가 죽을 때 자식들 앞에서 나처럼 살라고 유언할 수 있어야 한다"고 하는데, 내가 자식들에게 "나처럼 살라"고 할 수 있을까? 신앙생활이 나처럼 우리처럼 살라고 할 수 있다면 좋은 믿음의 조상으로 남겠지만, 굳이 "우리처럼"을 강요하고 싶지는 않다.

남편은 노년에 다리가 불편해져 휠체어를 이용하고 있어서 지금도 내가 많은 일을 하고 있다. 세 끼 식사, 청소, 쓰레기 버리기, 장보기, 병원 동행하기, 서투른 비서 같은 일들이다. 자신의 일도 제대로 못해 쩔쩔매는 사람이 힘에 겨우면서도 불만은 없다.

하고 싶었던 오르간 공부나 여행은 꿈이 되었고, 아직도 조연 역할은 계속되고 있다. 남편에게 주연의 느낌을 물었더니 뜻밖의 대답을 했다. "많은 일에 주인의식을 가지려 노력했지만 주연이라는 생각은 해보지 않았다"고 한다. 남편은 내게만 주연인 것이다. 우리는 세상에 하나뿐인 주연과 조연으로 함께 있는 것이다. 무엇이 이런 일을 가능하게 했을까? 조연살이도 희망이나 기쁨이 없다면 할 수 없는 일이다. 새로운 하루에 감사하고 별일이 아닌 일에도 감동하고…….

지금은 하루 중 가장 아름다운 시간, 황금빛 노을이 온 하늘을 물들이며 서서히 사라져간다. 하루를 마무리할 시간이다.

단풍

산자락마다 가을이 한창이다.

형형색색으로 물들어 가는 나뭇잎들이 석양빛에 보석처럼 반짝인다. 사람의 재주가 아무리 뛰어나다 해도 흉내낼 수 없는 빛깔이다. 가을볕 바람에 물들었을까? 사철 한자리에서 비바람, 추위, 더위에도 말없이 자리를 지키고 가장 아름다운 빛깔이 되어 땅에 떨어지려는 것이다.

이렇게 아름다운 것들이 주변에 있었구나……. 집 앞에 산이 있고 뒤로 관악산을 날마다 보면서도 가을산이 처음인 듯 감탄만 나온다. 특별한 관광지가 아니라도 눈만 돌리면 이렇게 아름다운 것들이 있는데 왜 몰랐을까? 모처럼 나와 본 가을 나들이에 새로운 세계를 보는 것 같다.

크고 둥글고 모난 것, 한 잎에 몇 가지 색을 물들이

며 제각기 가진 표정이 사랑스럽고, 타는 듯 붉은 잎들은 아픔 같은 것을 느끼게 한다. 내 가슴도 빨갛게 물드는 것 같다. 낙엽도 아름다웠다. 쌓인 낙엽더미, 바스락거리는 소리, 냄새도 좋았다.

낙엽더미를 지나 좀 낮은 곳으로 나오니 들꽃들이 무리지어 피어 있다. 보는 이도 없는데, 며칠 피었다 지는 꽃들이 왜 이리 고운지……. 빛깔의 조화, 향기……. 보랏빛 작은 초롱꽃에 긴 도라지 뿌리. 꽃과 열매가 너무 달라 우습기도 하고, 꽃이 너무 작아 애처롭기도 하고…….

이것들이 모두 조화라면 얼마나 끔찍할 것인가? 모두가 한결같이 때를 따라 피고 지는 것도 갸륵하고 아름답다. 꽃들은 장기 집권의 욕심도 없고, 자기 자리를 넓히지도 않는다. 강남 땅을 아무리 많이 사들인 부자라도 이 아름다운 것들을 사들여 금고에 넣어둘 수는 없을 테니……. 참으로 좋은 것은 소유할 수 없고, 모든 사람이 즐겨야 하는 것이다. 꽃들의 세계가 얼마나 멋이 있는가? 들꽃을 볼 수 있다는 사실이 행복하고 감사할 뿐이다.

"사진을 찍을까?"

"아니요. 가슴속에 담을 거예요."

"가을 산이 최고다."

"언제는 겨울 산 눈꽃이 좋다더니……."

계절이 바뀐다는 것, 시간이 흐른다는 것은 좋은 일이다. 해마다 더 고운 빛깔로 물들이며 행복해져야지.

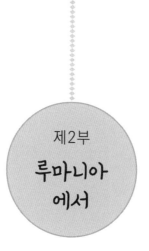

제2부

루마니아
에서

홀로서기

지난여름, 남편이 루마니아의 자동차 공장으로, 아들은 아빠를 따라 그곳으로 유학을 떠났다. 처음엔 당황했지만 이미 이루어진 일을 가지고 반대할 수가 없었다. 외딸로 자라 혈육에 대한 집착이 유난해서 가족과 떨어져 산다는 것은 상상도 못할 일이었지만, 이기회에 그동안 못했던 자신의 일을 해 보겠다는 생각으로 모험을 감행했다.

그들이 떠나자 미뤄둔 일 처리, 사람 만나기, 성가대 피아노 반주, 수영 등 바쁜 여름을 보냈다. 가을이 오고 겨울이 가고, 해가 바뀐 한참 후에 문득 벽을 보니 묵은 달력이 그대로 있었다. 시간이 흘렀지만 생활이 없었던 것이다.

웃고 떠들 사람 없이 혼자 산다는 것, 혼자 일어나고, 혼자 먹고 잠드는 일, 한밤에 잠에서 깨어 혼자 있음을 알 때, 온몸에 느껴지는 냉기란 참기 어려운 고통이었다.

빈방을 들락거리며 그들이 흘리고 간 옷이며 책들을 만지노라면 금방 어디서 나타날 것만 같았다. 같이 노래 부르다 틀렸다고 깔깔대던 소리, 몰래 먹던 라면 냄새, 얼굴만 봐도 편안해지는 남편의 모습이 손끝에 잡힐 것만 같았다. 춥기만 한 마루에 쭈그리고 앉아 볕들기를 기다리다 보면, 이제껏 살던 내 집이 다른 집처럼 느껴져 내가 다른 사람이었으면 좋겠다는 생각도 했다.

함께 있을 땐 혼자 푹 쉬어보는 게 꿈이었는데. 이것은 사람 사는 모습이 아니었다. 겨울은 왜 그리 길고 추운지 아파트 난방 타령만 했다. 밤인데 잠들지 못할 땐, 아침이 되면 무너질 계획들을 수없이 세우면서 내일 당장 남편에게 가야지, 했다. 빈자리, 빈 가슴, 그리움, 원망이 커지면서 몸과 마음은 얼어붙고 꽁꽁 언 얼음벽 속에서 사람이 보고 싶어 못 살겠다고 고함을 질러댔다.

보고 싶은 사람을 못 본다는 것, 보고 싶은데 곁에 없다는 것, 어떤 합리적 사고로도 이해될 수 없는 강하고 아픈 고통이었다. 밖에 나가 돈을 실컷 낭비하거나 친구들을 만나 배가 아프게 웃기도 했다.

그러나 죽어 있는 시간이었다. 거리에 꽃이 만발하고 향기가 진동하는데 고통을 자극할 뿐 조금도 즐겁지 않았다. 같이 보고 즐길 사람이 없는데 꽃이 무슨 의미가 있는가. 풍요한 환경은 오히려 고통을 실감나게 할 뿐이다.

'가족을 잃어버린 사람들, 이렇게 살고 있구나, 이렇게…….'

루마니아에서 전화가 왔다. 아들은 생기에 차 있고, 남편은 편안해 보였다. 내겐 관심이 없다. 잘 지낸다는 건 좋은 소식인데 섭섭하기만 했다. 참고 견딘다는 건 이론일 뿐 스스로 다스리기가 힘들었다. 추위에 떠는 사람에게는 설명이 필요 없다. 따뜻함이 필요할 뿐이다.

드디어 떠날 결심을 했다. 처음 해보는 해외여행인데 루마니아행을 감행한 것은 파격적 시도였다. 파리 샤를르 공항에 내려 하룻밤 자고 비행기를 바꿔 타면서 16시간을 날았다.

서울 반대편, 지구 끝인 듯 멀고먼 나라였다. 환한 구름 속에 끝없이 펼쳐진 시베리아 벌판을 날며 지구 위에 이런 곳이 있었나 하고 놀랐다.

루마니아 공항에 내렸다. 쯔, 뜨, 쁘 하는 강하고 빠른 발음의 이상한 언어와 푸르고 누리끼한 눈, 머리 색깔, 모두가 신기한데 재미있는 것은 나를 구경하는 그들의 표정이었다.

100년 넘은 도시 건물들, 부서져서 짓다 만 골조들, 지붕이 붉고 뾰족한 동화 같은 시골집, 처음 보는 음식, 낯선 거리, 창마다 커튼을 내려 어둡게 만든 실내, 가난한데 일은 적게 하고, 가난해도 대학은 장학제도이고, 숨막히는 문화의 이질감, 문명과 미개의 공존 등, 희망이 있는 것도 같고 없는 것도 같은 나의 70년 대를 떠올리게 한다.

남편과 아들은 잘 지내고 있었다. 남편은 크라이오 바Craiova라는 작은 도시에 있는 자동차 공장의 부사장으로 일하고 있고, 아들은 수도 부카레스트Bucharest 의 국립대학에서 경제학 공부와 새로 사귄 여러 나라 친구들과 말 배우기에 한창이었다. 양볼에 입을 맞추며 엄마를 볼 생각에 잠도 못 잤다며 수다를 떤다.

남편은 여기서도 일찍 출근, 늦게 퇴근, 쉬지 않고 일하고 공부하고 꿈에서도 영어 잠꼬대를 하는데, 지구 반대편에서 온 아내를 잊은 모양이다. 인장처럼 확실한 이 시대의 상징적 인물 같다. 회사가 마련해 준

호텔에서 혼자 사는데 불편함 없이 지내고 있으니 나는 빨리 돌아가 줘야 하는 군식구처럼 설 곳이 없다.

보름쯤 지나니 아들은 엄마 언제 가? 하는 얼굴이다. 언어, 지리에 서툰 엄마를 일마다 도와야 되니 불편했나 보다. 잘하고 있는 아들이 대견하면서도 섭섭했다. 나는 왜 잘 해내지 못할까? 평소 훈련이 잘못된 탓일까? 나는 무엇에 길들어 왔나? 일이 많아 폭발할 것 같은 순간들을 되돌아봤다. 허전하다. 그러나 되돌아간다 해도 그럴 수밖에 없는 필연적인 생활이었다.

저녁에, 서울로 돌아가겠다고 했다. 그리고 은근히 눈치를 살피며 이렇게 기대해 보았다.

'더 있어라. 엄마가 없으니 불편하다. 가거든 빨리 와라. 보고 싶다.'

그러나 그런 표정을 기대한 것은 꿈 같은 생각일 뿐, 빈집으로 돌아가는 내 마음을 헤아릴 여유가 없는 것 같다.

서툰 언어로 동행도 없이 돌아가는 일이 두려웠지만 결심했다. 가는 길을 설명해 주는데 듣고 싶지도 않았다. 겨우내 가슴 떨며 그리워하던 그들이 아니었던가.

파리공항에 내리니 비슷한 얼굴들이 모여들었다. 유창한 전라도 사투리에 터져 나오는 웃음소리, 반백의

할머니, 어린아이들, 과연 세계화 시대에 살고 있다는 것이 실감났다.

　고정관념의 틀을 깨고 자신을 변화시켜 보자. 시대의 흐름에 동참하고 가족들의 세계에 동질화돼 가는 일, 나의 세계화는 홀로서기부터이다.

　서울공항에 도착하니 비가 내리고 있었다. 빈집에 돌아오니 부산떨며 떠났던 흩어진 모습이 그대로였다. 49평 아파트가 너무 넓다. 떠날 땐 가서 만난다는 희망이 있었는데 그것도 다 털고 왔으니 이젠 무슨 기대로 살 것인가.

　비를 맞아 후줄근한 가방을 풀면서 흐르는 눈물을 주체할 수 없었다.

　당장은 나를 지키고, 가정을 잘 지킴으로 홀로서기를 하자.

짐

한국에서 부친 이삿짐이 50여 일 만에 루마니아에 도착한다고 연락이 왔다. 내가 부친 짐이 무더위 속에 긴 여행을 끝내고 주인을 찾아왔으니 반가운 소식인데 왠지 가슴이 떨리고 맥이 풀렸다.

그동안 이 나라 말과 지리를 익히느라 아직 집을 구하지 못한 것이다.

지방에 있는 남편의 숙소는 이삿짐을 들여놓을 만한 형편이 아니었고, 수도의 학교 근처에서 자취하고 있는 아들 방 역시 비좁기는 마찬가지였다.

창을 열면 끈끈하고 뜨거운 밖의 열기가 방으로 들어와 움직이는 것도 힘이 들었다. 당장 필요한 것이 의사소통이라 땀을 흘리며 말을 배웠다. 겨우 단어를 익혀 한마디 하려면 방금 외웠던 것도 잊어먹고, 어쩌다 혼자서 사람을 만나면 몸짓, 손짓에 야단법석을 떨어야 겨우 의사전달이 됐다.

바쁘기만 한 남편은 '알아서 하라'는 데 혼자서는 할 수 없고, 아들은 여름방학 계획에 들떠 유럽 지도를 펴들고 꿈에 부풀어 있다. 아들 여행을 보내고 나서 넓고 시원한 남편의 숙소에서 낮잠이나 실컷 잤으면…….

집 구하는 일도 쉽지 않고, 가족들 생각하여 가져온 짐이 오히려 힘들게 하니 미안하고 후회되기도 했다. 무식하면 용감하다는 말이 떠오른다.

내 무지 탓인가. 그러나 일을 따라온 가족들과 가족을 따라온 나와는 이곳에 온 목적부터 달랐던 것이니 무지한 용기만은 아니리라. 무식하든 바보든, 많이 웃으며 바쁜 하루를 보냈다.

우리를 살게 하는 것은 집의 크기나 짐의 종류가 아닌, 내부로부터 흘러나오는 '힘'인 것 같았다.

남편과 상의하려고 지방에 가기 위해 짐을 챙겼다. 옷, 약품, 카메라, 책, 잡동사니를 쑤셔 넣고, 메고 들고 일어서니 잘 걸을 수도 없었다. 당장 필요한 것도 아니고, 잃어버릴까 봐 기차에서 맘놓고 쉬지도 못하면서 힘겹게 끌고 다니는 짐 보따리. 이젠 습관이 되어 몸의 일부처럼 없으면 불안했다.

외국여행 중에도 내 짐은 항상 중량 초과였다. 주머니에 패스포드와 간단한 손가방만으로 간편하게 여행을 즐기는 외국인을 보면 부러웠다. 짐의 무게는 문화수준과 반비례라고 후회하면서도 짐이 줄면 허전했다. 늘 그랬다.

기차를 탔다. 넓은 들판에 양떼들이 한가롭게 풀을 뜯고 있었다. 푸른 하늘과 나무 그늘이 시원해 보인다. 내려서 무리에 섞여 새끼 양을 한번 안아보고 싶었다. 동화같이 붉고 뾰족한 시골집 마당에 오리떼들이 궁둥이를 씰룩거리며 오후 한때를 즐기고 있다.

아침이슬 밟고, 싱싱한 공기 마시며, 마당에 꽃 심고 살 수는 없을까. 파란 하늘, 신선한 공기, 꽃, 가족, 누구나 원하면 가지라고 하나님은 만인에게 주셨는데, 누리지 못하는 것은 자신의 책임이리라.

어디에 집을 구하고 짐을 풀 것인가. 이 사람 저 사람 귀찮게 하며 집수리하고, 짐 정리하고, 이러다 황금 같은 여름을 보내고 나서 또 얼마나 후회를 할 것인가. 짐 생각에 열이 오르고 가슴이 타는 듯했다.

주민등록증, 입은 옷, 신발 한 켤레가 전 재산이었다는 목사님이 계셨다. 가진 것이 없으니 뜻을 위해 목숨을 걸 수도 있었다고 한다.

인도의 간디는 안경·샌들·담요 한 장이 전 재산이었다는데, 지나치게 달고 다니는 물건들은 내가 겪은 전쟁·가난·유사시 때문이라고 핑계할 나이도 아니다.

짐에서 해방되고 싶다. 성경에는 "수고하고 무거운 짐 진 자들아 다 내게로 오라. 내가 너희를 쉬게 하리라"고 씌어 있다. 수고하고 무거운 짐!

스스로 만든 짐은 하나님도 도와주지 않으리라.

"진리가 너희를 자유롭게 하리라." 진리와 자유. 무거운 몸으로는 결코 닿지 못할 자리에 있을 것 같다. 짐에서 해방되는 자유를 누리며 진리 안에 산다는 것은 어떤 것일까. 무거운 짐 지고는 결코 누릴 수 없는 것이리라.

짐, 짐……. 이러다 나도 짐덩이가 되는 거 아닌가. 이미 누군가에게 짐이 되어버렸는지도 모를 일이다.

줄이고 버려도 늘어만 가는 짐 보따리, 가볍고 산뜻한 자유를 그리면서 왜 나는 무겁기만 한가. 내가 산다는 것은 이렇게 무거운 짐 지고 사는 것일까.

삶은 자유로운 것이다. 자유는 가벼운 것이다. 그러나 다 버리고 주민등록증, 입은 옷, 신발 한 켤레만으로는 살 수 없는 현실인데……. 생각하는 것도 짐이 되는 날이다.

생각에서도 자유로워지고 싶다. 이러다 바보가 되는 것 아닌가. 한 가지 분명한 것은 내가 살고 있다는 사실이다.

기차가 도착했다. 찜통 같은 열기 속에서 밖으로 나오니 살 것 같다. 머리 희끗한 남편이 마중을 나왔다. 땀을 흘리며 허리가 휘청하게 들고 오는 짐들을 받을 생각도 않고 여름 휴가 얘기를 꺼낸다.

아, 얼마나 기다렸던 휴가인가. 유럽에서 처음 맞는 휴가. 한국에서 이틀씩 걸려가며 이 나라에 오는 동안 꿈꾸며 그려온 여행. 파리, 비엔나, 로마, 모나코, 프라하, 부다페스트, 이스탄불⋯⋯. 듣기만 해온 유럽의 도시들이 환상처럼 스쳐간다. 하필이면 이럴 때 짐이 왔을까.

"한국에서 부친 짐이 도착했다는데요?"

"짐은 창고에 맡기고 떠나지."

"먹을 것도 있어서 끌러봐야 되는데⋯⋯."

"오나가나 그놈의 욕심이 탈이야."

우리는 지는 해를 뒤로하고 휴가와 짐 사이를 방황하며 걸었다.

투루노세베린에서 생긴 일

금요일 오후, 루마니아의 크라이오바에서 부쿠레슈 티행 기차를 탔다.

주말에 성경공부 모임도 있고, 그곳 대학에 다니는 아들도 만날 겸 쌀과 옷가지, 카세트, 여행 중에 볼 책, 양손에 보따리와 배낭을 메고 일등 칸에 올랐다. 다 못 하고 온 집안일, 여행 준비를 서두르다 간신히 기차에 오르니, 떠나온 곳의 아쉬움도 있지만, 어느새 가서 할 일의 기대와 소망으로 들뜬다.

이 나라에 온 후 일주일에 한 번은 기차를 탔다. 새로운 사건을 만나며 죽었던 시간들이 되살아나고, 힘들 때 시간을 보내는 좋은 방법이기도 했다.

강을 지나고 밭을 지나 들꽃 만발한 들판, 시골 농가, 양 떼, 오리 떼들을 만났다. 미지의 세계로 호기심과 흥미에 가득 차서 달리는 것은 즐겁기만 했다.

여름날 오후, 소나무 숲 사이로 해가 지고 있고 멀리 비행기가 포물선을 그리며 지나간다. 붉게 물든 하늘에 석양빛 받으며 고향 쪽으로 날아가는 비행기를 보니 시간 흐르는 소리가 들리는 것 같다. 이 시간이면 서울의 우리 집은 저녁 준비를 서두르며 시끌벅적할 텐데.

기차가 움직이는데 이상했다. 방향이 반대쪽이다. 옆사람에게 다급하게 물었다. 가 본 적도 없는 티미쇼아라행이라고 한다.

'아, 이럴 수가!'

급행이라 중간에 내릴 수도 없고. 내가 탈 기차는 먼 외국에서 오는 중이라 30분 연착이고, 그 시각 그 자리에 서 있던 이 기차는 머리 부분이 반대였던 것이다. 유럽의 기차는 국경을 거치며 먼 거리를 달리다 보니 연착과 차선 변경이 많아 탈 때마다 확인이 필요했다. 이런 상황이 역 어딘가에 씌어 있거나 방송이 됐을 텐데, 타기 전에 기차 이름, 출발 지점, 행선지, 시간을 확인하지 못한 것이다.

이 나라 말을 못 익힌 내 탓이기도 하고, 여행에 너무 들떠 있었나 보다. 급행이라 쉬지도 않고, 8시간 후 내일 아침에 티미쇼아라에 도착한다고 했다. 눈앞이 캄캄하다. 이 저녁 낯선 땅에서 혼자 이상한 곳으로 가다니. 도둑떼, 집시들이 극성이라는데, 누군가를 붙들고 사정해 봤다.

"아이 고우 투 부쿠레슈티. 아이 앰 미스테이큰, 헬프 미! 헬프 미!"

방방 뛰어대니 앞자리의 영어를 조금 하는 외국인이 한마디 거든다. 이미 잘못되었으니 앉아서 기다려 보라는 얘기 같다. 소란 중에도 내가 탈 기차가 반대편에서 휙 지나가는 것이 보였다.

'이 엉터리들. 거짓말쟁이. 이 나쁜 놈들.'

그러나 말을 할 수 있나 듣는 사람이 있나, 소용이 없다. 기차를 잘못 탄 사람은 바로 나인데. 아무도 잘못한 사람은 없다.

누군가 승무원을 데리고 왔다. 2시간 후 투르노세베린이라는 역에 정차하니 내려서 돌아오는 기차를 타라는 것이다. 그것이 밤 9시라니, 앞자리의 사람은 티미쇼아라까지 가서 편하게 돌아오는 것이 낫다고 했다. 실수라고 느끼는 순간, 원점으로 돌아가는 것이 원칙이다. 일단 되돌아가는 쪽으로 하자.

내가 사는 곳은 이 나라의 서남쪽인데 기차는 서북을 향해 간다. 가슴이 타면서도 넓은 들과 처음 보는 주변이 아름답기만 하다. 도나우강이 철도를 따라 흐르고 6월의 푸른 숲과 붉게 물들어 가는 하늘이 아름다웠다.

이 나라는 서북쪽이 윤택하고 자연 경관이 수려하다는데, 이렇게 만나게 되다니.

앞에 앉은 신사는 푸른 도나우 왈츠를 흥얼거리며 이 순간에도 외국인에게 아름다운 티미쇼아라 소개를 놓치지 않고 있다. 산의 구릉과 들판의 푸름이 더 짙고 공기도 맑은 것 같다. 이 나라 최고의 기차인 인터시티에서는 계속 클래식 음악을 틀어주고 차창 밖은 한 폭의 그림이다.

드디어 기차가 투르노세베린역에 도착했다. 결단의 순간이 왔다. 내릴까말까. 밖은 이미 어둡고, 밤 9시에 돌아가는 기차를 타는 것이 나을 것 같다. 기차에서 내렸다. 역 입구에 희미한 전구가 걸려 있고 후텁지근한 날씨에 모기 떼가 극성이다. 공중전화를 찾는데 전화 부스가 보이지 않는다. 혼자 남으니 두려웠다. 차라리 내리지 말걸.

갑자기 역 근처의 사람들이 우우 나를 둘러쌌다. 순간적인 일이다. 끼나(차이나), 찌거니(집시), 꼬레 꼬레(코리아), 뭐라고 지껄이며 신기한 구경거리라도 생긴 듯 수선을 떤다.

　나는 무료하고 가난한 시골역에 떨어진 구경거리였다.

　"아이 앰 꼬레. 아이 고우 투 크라이오바. 헬프 미. 아이 원 텔레폰."

　그러나 이곳에선 서툰 영어조차 통하지 않는다. 그들이 싫어하는 중국 보따리 행상이나, 길 잃은 할머니쯤으로 보았을까. 보따리를 뒤로 감추고 '아이 고우 투 크라이오바'를 반복했다. 상황이 이해가 됐는지 택시로 데려다 주겠다, 경찰서로 가라, 호텔을 소개해 주겠다, 한마디씩 거든다.

　사람들이 자꾸 모여들어 구석지로 몸을 숨겼다. 여기서 어디로 사라진들 누가 알랴. 믿을 만한 사람도 없고, 경찰도 믿을 수 없다.

　승무원이 말한 9시 기차는 있지도 않았고 새벽 1시에 완행이 있다고 했다. 전화 부스를 찾아야겠는데, 비상사태를 당했을 때 뛰기 위하여 짐 보따리를 배낭 하나로 줄였다. 사람들이 많으니 납치는 안 하겠지. 역 부근을 헤맸다. 30여 분쯤 지나 낡은 전화 부스를 찾았다. 동전을 한 줌 바꾸고 생각나는 대로 마구 다이얼을 돌렸다. 통화도 잘 안 되고 걸려도 아무도 없다.

　사람들의 시선을 피하려고, 배낭에 넣어 가지고 다

니는 미우라 아야코의 수필집을 꺼내 읽었다. 거기에 주기도문이 있는데 글자만 읽고 또 읽었다. 그제야 하나님 생각이 나서 도와 달라고 별 아양을 다 떨었다. 얼마나 다급했는지 하나님 부를 생각도 잊었던 것이다.

무사히 돌아가게 해 주시면 불쌍한 루마니아 사람도 돕고, 이웃 사람 전도도 하고, 밀린 헌금도 하고, 이것도 저것도 할 테니 제발 돌아가게 해 주세요. 하나님, 하나님. 회개도 하고 서원도 했다. 야곱에게처럼 하늘의 사다리를 내려주세요. 애가 타서 중얼거렸다.

어쩌다 멀리 있는 선교사 한 분과 통화가 되었다. 여기는 투르노세베린역이고 잘못 내렸어요. 전화가 끊겼다.

일단 나를 알리고 나니 진정이 되었다. 험상궂은 청소아줌마가 닳아빠진 빗자루로 발끝을 툭툭 친다. 바닥을 쓸려고 하니 발을 치우라는 뜻인 것 같다. 나이지긋한 신사 한 분이 내가 안되어 보이는지 곁에 와 보자기를 끄르고 먹을 것을 준다.

마른 빵, 터진 자두 한 개, 냄새도 싫은 부룬저(치즈). 무어라고 하는데 어렵게 알아듣기로는 잠시 후에 자기는 떠나니 여기에 가만히 있다가 새벽 1시 완행을 타고 돌아가라는 얘기 같다. 친절하게도 나와 방향이 같은 아저씨를 찾아 부탁까지 하는데, 불쌍한 도암나 (아줌마) 어쩌다 여기까지 왔나, 그런 시선이다.

아! 창피해라. 나도 서울 가면 선생님, 사모님이고, 집도 있고 가족도 있는데, 대학 공부도 했고 영어도 할 줄 아는데. 그러나 지금 그런 게 무슨 소용이 있나. 2시간이 지났다. 사람들이 떠나고 주변이 조용해졌다. 나도 처음 도착했을 때와는 달리 편안해졌다. 처음 보는 것의 두려움 때문이었으리라.

사람 사는 것이 다 비슷한데, 지옥에라도 떨어진 듯 놀란 내 모습도 우습기만 했다. 혼자 다니려면 외국어 배우라고 핀잔주던 아들, 제발 짐 좀 가지고 다니지 말라던 남편, 지금쯤 나를 기다리고 찾느라고 얼마나 소동이 났을까.

주말여행에 들뜬 나와 이곳까지 동행하신 하나님, 혼자선 아무것도 아닌 나를 보라고 그러셨을까. 가난한 루마니아 사람들. 어려운 나라에 와서 누가 어디에 사는지, 내가 왜 여기 있는지 생각해본 적도 없다.

하나님은 내게 새로운 세계를 보여주셨다. 나는 대단한 여행을 했다. 돌아오는데 달빛이 환하다. 낮과 다른 아름다움이 산천에 가득했다.

굴비

오랜만에 굴비를 구웠다. 구수한 냄새가 온 집 안에 가득 풍긴다.

루마니아에 온 후 잊고 지낸 지 오래인데 서울에서 온 손님이 가져오셨다. 중간 크기의 굴비 열 마리. 냄새가 나고 무게가 나가 여행자들이 싫어하는데, 눈이 휘둥그레지게 귀한 선물이다.

해변이 고향인 나는 유난히 조기를 좋아해서 길을 가다가도 좋은 굴비를 보면 눈이 번쩍 떠졌다. 오뉴월 노랗게 기름이 돌고 알이 꽉 찬 조기를 사서 소금 살살 뿌리고 해풍에 말린 후 석쇠에 구우면 그 구수한 냄새가 사방에 진동하고 먹기도 전에 벌써 군침이 돈다. 비싸고 귀한 데다 가족들이 모두 좋아해서 나는 잘 먹지도 못하고 가끔 두어 마리 상에 올리면 젓가락 먼저 꽂는 사람이 감쪽같이 먹는 바람에 형제끼리 부

자간에 언성을 높이고,

"어머니, 조기는 두당 한 마리 주세요."

하며 웃기도 했다.

강한 냄새에 이웃의 눈치를 보며 먹고 싶은 유혹도 참고 남편의 저녁 식탁에 올려놓았다. 오랜만의 굴비가 맛있는지 밥그릇 밀어 놓고 굴비 접시 끌어다가 가시만 남기고 다 먹는다. 다음 날 두 마리를 구웠다. 대개 머리와 꼬리 부분을 남기면 내 몫이었는데 한 점도 남기지 않았다. 식사를 끝낸 후,

"당신은 굴비 안 먹어?" 한다.

조기는 두당 한 마리 하던 아이들 생각이 났다. 결국 나는 한 마리도 먹어보지 못하고 요란한 냄새만 맡은 채 나머지 다섯 마리는 방학 때 아이들이 오거나 손님이 오면 내놓으려고 냉동실에 넣어 두었다. 이 나라에 한국의 먹거리가 귀해 항상 비상 식품이 필요했다.

여기에도 좋은 식품이 있고 한국 음식 고집하지 않는다지만 아꼈다 주면 누구나 좋아했다.

여름 휴가철이 되었다. 상사 주재원들도 가족 동반해서 유럽이나 한국으로 여행을 떠나고 월 소득 100불의 현지인들도 휴양지를 찾아가 그동안 애써 모은 돈을 아낌없이 쓰고 온다. 우리는 가족 동반한 젊은 직원

들을 먼저 보내고 휴가 끝 무렵 갈 계획이라고 했다.

그동안 휴가 때마다 일이 생기거나 무산되어 금년에도 깨질까 봐 불안했지만 조심하느라고 아무 말도 꺼내지 않았다. 작년엔 교통사고, 재작년엔 의견 충돌로, 이제껏 자유롭게 휴가나 여행을 즐길 기회가 없었다.

휴가. 일주일의 짧은 일정에 가고 오는 비행기 시간 빼면 너무도 짧고 비행기표 값도 비싸, 최대한 효과를 내려고 계획을 세웠다. 서울에 전화를 걸고, 만날 사람, 일정표 짜고 비행기표 예약을 끝내니 금년엔 나도 유럽 여행을 하는가 실감이 났다. 아들도 기차를 타고 유럽 어딘가 여행 중이라는데.

휴가를 며칠 남기고 전화가 왔다. 공장에 일이 있어 연기하겠다는 것이다. 혼자라도 가라고 한다. 처음 있는 일도 아닌데, 머리가 띵했다. 함께 여행이란 내 희망 사항이지 꼭 가야 되는 것도 아니고, 아들은 엄마도 외국어를 배워 혼자 다니라는데, 외국어 못해서 혼자 못 가나.

혼란한 마음을 수습하고 냉수를 마시려고 냉장고 문을 열었다. 눈에 확 들어오는 것이 있다. 굴비였다. 무어든 아끼고, 내 시간 내 먹거리 내 것은 귀하게 생각해 보질 않았다. 안 먹고 아껴둔 냉동 칸에 비상식품들(김치, 떡, 생선⋯⋯)이 화려하게 눈에 들어왔다. 아끼라고 강요하는 이도 없고 오히려 이런 나를 못마땅해하는데⋯⋯.

굴비를 몽땅 꺼냈다. 창문을 활짝 열고 다섯 마리를 구웠다.

'먹자, 그리고 떠나자. 외국어 때문에 여행을 못 가나. 혼자 떠나면 남아 있을 가족들 염려 때문이었지.'

나도 이럴 수 있다는 무언의 파격적 시도였다. 온 아파트에 굴비 굽는 냄새가 진동했다. 코 큰 사람들, 냄새 좀 풍기면 어때? 고소한 냄새, 노랗게 익은 굴비를 양손에 붙들고 단숨에 먹어치웠다. 입에 넣으니 살살 녹는 것 같다. 행복한 순간이다.

굴비 다섯 마리 먹는 것으로 나를 대변한 셈이다. 저녁때 낮에 먹은 굴비 얘기를 했다.

"잘했어."

남편은 별 관심이 없었다.

문제는 며칠 후에 일어났다. 먼 곳에서 손님이 온다는 연락이 왔다. 휴가철이라 식사 대접할 만한 곳도 없고 우리 집으로 오신다는 데 걱정이 되었다. 이 오지에서 갑자기 손님을 맞으려니 일도 많고, 서성거리다 한나절이 가버렸다.

메뉴는 무어로 하나. 여행 중 한국음식 그립던 생각을 하면 피자나 콜라를 대접할 수는 없다. 부지런히 쌀을 씻는데 적당한 찬이 없다. 홧김에 먹어버린 굴비 생각이 간절했다. 튀기고, 지지고, 굽고…….

지금 후회한들 무슨 소용인가. 간단한 냉면을 삶아보기로 했다. 손에 익지 않은 냉면을 급하게 삶다가 물이 넘치는 바람에 들어 나르다 그릇을 엎어버렸다. 온 바닥에 물이 넘쳐흘렀다. 아래층에서 휴가차 와 있던 젊은 과장 부인이 웬일인가 하고 올라왔다. 내 속 사정을 어찌 알랴.

"사모님, 밥은 찬거리가 마땅치 않고, 냉면은 큰 그릇에 다시 삶아야 하니……."

뛰어가더니 자기들 휴가를 위해 준비한 먹거리들을 몇 가지 가지고 왔다. 식탁은 이것저것 뒤섞여 있고 엉망이다. 머리는 띵하고 몸도 마음도 공간에 붕 뜨는 기분이다.

드디어 손님이 왔다. 준비한 식사에 맛있다, 감사하다, 수고했다, 마구 칭찬을 해댔다.

그들이 돌아가고 혼자 남자 자리에 누워버렸다. 머리속이 온통 굴비 생각뿐이었다. 입안에 슬슬 녹던 굴비가 이렇게 쓴맛이 될 줄이야.

튀르키예에서

　서울 밖으로는 별로 가 본 적이 없는 내게 동유럽의 이곳저곳은 이상한 나라, 꿈속의 도시들 같았다.

　사회 제도와 역사의 산물일까? 같은 유럽이면서 동과 서의 차이도 놀라웠지만, 아직 개발되지 않은 자연 그대로의 동유럽에 더 관심이 갔다. 우리의 가난했던 지난 시절의 향수가 느껴지는 것일까? 짧은 시간에 너무 많은 것을 본 탓인지 매일 밤 잠을 이룰 수가 없었다.

　그러나 정말 충격적인 곳은 튀르키예(터키)였다. 긴 세월 동과 서의 만남이 도시의 곳곳 유적지마다 그대로 있었고, 이스탄불의 고고학 박물관에는 B.C. 7000년의 유물이 전시되어 있었다.

　이 오래된 유물들이 왜 튀르키예에서 발굴되었을까? 트로이의 발굴 현장과 발굴자의 일화도 흥미로웠

다.(일리어드의 오딧세이를 읽고 발굴의 꿈을 키웠다
니 우리는 상상도 못할 일이다.)

　　○○이 ○○에게 빚을 졌음.
　　증인 세 사람 ○○○
　　○○○이 빚을 갚지 못해 아들을 줌
　　증인 세 사람 ○○○
　　(B.C. 2000년경)

　손바닥만 한 크기의 토판에 쐐기 문자로 찍어 말린
계약서. 사람 사는 모습은 시대를 초월해서 같은 것인
가? 웃음이 나왔다.

　사람 키의 세 배쯤 되어 보이는 토카피궁의 높은 담
과 술탄의 여자들 방이며, 한 사람의 왕을 위해 왕의
형제들은 죽임을 당했다는 슬픈 역사, 이 호화스러운
토카피궁을 지은 왕이 39세에 요절했다는 이야기며,
잔인했던 오스만 터키 제국의 이면에 서민들의 삶도
실감이 났다.

　반달 모양의 칼, 풍성하고 둥그런 바지저고리, 우리
와 비슷한 채소며 서구식 빵과 요구르트, 동서 문물이
혼합된 신비한 문화는 주변 국가들에도 영향을 끼친

듯, 이웃 나라의 민속음악들도 비슷한 것들이 있었다. 때로는 우리나라의 트롯인가 착각하기도 했다.

지리적 여건이나 자연 환경 때문이었을까? 태어날 때부터 이미 결정된 자연환경이나 지리적 여건이 민족과 역사를 만들고 문화가 형성되었던 것일까? 거친 상인들의 모습을 가졌으면서도, 우리 한민족과 너무 닮은 점이 많아 가끔 서울에 있는 듯 착각을 불러일으켰다.

로마는 도시 전체가 잘 다듬어진 문화재라면, 이스탄불이나 터키의 곳곳은 아직 발굴되지 않은 문화재가 널려 있는 신비의 나라 같았다.

회교국가인 이 나라에, 요한계시록에 나오는 소아시아 7교회와 요한의 무덤 자리에 세워진 기념교회, 의사 누가의 묘가 있고 바울의 선교지였던 에베소, 아브라함이 걸었던 하란 땅도 있었다.

튀르키예의 푸른 하늘 아래 바울이 설교를 했다는 시장 터와 해변을 거닐며 감동으로 발걸음을 멈출 때면, 남편은 빨리 가자며 재촉하곤 했다.

튀르키예! 아직도 흥분이 가시지 않아 기회가 되면 다시 가보고 싶은 곳이다. 이렇게 신비한 문화도 있고, 이렇게 많은 일들이 일어나고 있는데, 우리는 입시와 가난과 방황으로 우물 안 개구리처럼 시간을 보내고 있었다니 억울했다. 금방 잊어먹을 교과서를 외우고, 시험 점수 올리고, 일류대학이 뭐기에……. 뭐가 그렇게 바빴을까?

우리는 무엇으로 이방인들의 심장을 두근거리게 할 수 있을까? 5000년 역사를 자랑하고, 급속한 경제 발전을 자랑할까?

이 신비한 동서의 만남과 문물들을 젊은 날, 20대쯤 돌아보았더라면 얼마나 좋았을까?

젊은이들이여! 배낭을 메라. 역사와 문화를 보고 살아가는 방법을 생각해 보라.

프랑크푸르트 공항에서

　루마니아에서 교통사고를 입고 통증이 심해 독일 병원을 찾은 적이 있다. 정밀검사를 받기 위해 통역 겸 보호자격으로 아들과 동행했다. X선 촬영 검진 결과 다행히 큰 문제가 없어서 며칠 만에 돌아오는데 프랑크푸르트 공항에 도착하자 아들이 말했다. 병원비, 호텔비 지출도 많은데 자기는 유로 패스 기차표를 가지고 있으니 하루 걸려 기차로 돌아가겠다는 것이다. 400불 차이인데 그냥 함께 가자고 하니, 낭비라고 했다. 나는 몸도 불편하고 표값은 걱정 말라고……. 내 말이 끝나기도 전에 표를 사러 간다.

　프랑크푸르트 국제공항은 유럽을 통과하는 관문으로 많은 나라 사람들이 비행기를 바꿔 타는 곳이다. 그 규모가 커서 해외여행에 서툰 우리에겐 미로처럼 복잡하고 낯선 곳이기도 했다.

한참 후 아들이 비행기표 한 장을 들고 오더니, "30분 후 출발, 2시간 후 루마니아 도착이에요. 티켓에 다 기록되어 있으니 잘 보고 찾아가세요. 나는 지금 가서 기차를 타면 내일 도착합니다." 하고 내게 티켓을 쥐여주며 공항 안쪽으로 밀어넣고 나가버린다.

순식간의 일이었다. 당황해서 다급하게 아들을 불렀다. "이미 말했잖아요. 거기 다 씌어 있어요. 보고 찾아가세요."

이미 말해 줬다고? 그러고 보니 미리 얘기한 것 같기도 한데 몸도 불편하고 아들을 쉽게 생각해서 예사로 들어버린 것 같다.

30분! 30분이면 아는 길 찾기도 바쁜 시간인데 큰일이다. 위기의 순간이다.

복판에 서서 아무리 살펴봐도 어디가 어딘지 시야가 다 새카맣다. 웬 창구는 그렇게 많고, 화살표 글씨는 요란한지……. 노선이 너무 많고, 사람도 많다. ABCDE 화살과 1~50의 숫자 표시는 뭐가 뭔지 어지럽기만 했다. 화살표도 위로 아래로 곧장 가는지 알 수 없고, 트랜지트, 어라이브, 어떻게 하라는 것인지 답답할 뿐이었다. 초조하게 전광판을 찾다가 10분이나 지나 버렸다. 너무 급해서 뛰기 시작했다.

나쁜 녀석, 나한테 이럴 수 있나. 두고보자. 아무리 화가 나도 지금은 비행기 찾아가는 일이 더 급했다. 만일 놓쳤을 경우 되돌아와도 숙소를 찾는 일은 나 혼자서는 힘들고, 지금은 루마니아행 비행기를 타는 것만이 최선의 방법이었다.

　그리고 보니 공항 지도를 놓고 설명도 해 줬고 궁금해서 다시 물으면, "한국말 잘 모르세요?" 하는 바람에 자꾸 묻기 미안해서 아는 척했다. 벌써 몇 번째 급한 용어나 단어를 적어서 가지고 다니라 했었다. 병원에 오는 길이고 몸도 불편해서 평소에 가지고 다니던 가방도 비상연락 전화번호도 안 가지고 왔는데. 오직 아들만 원망스러웠다. 당장 길부터 찾아야겠는데, 등줄기에 식은땀이 흐르고 얼굴이 화끈거렸다. 이 공항이 초행은 아니지만 그때는 동료가 있어서 이렇게 복잡한 줄도 몰랐다. ABCDE 표시 중 내 게이트 번호를 찾아 뛰었다.

　"어디야! 제발 비행기야 기다려 줘!"

　차분히 시간을 두고 찾으면 티켓에 다 기록되어 어렵지도 않은데, 문제는 얼마 안 남은 시간이다. 이런 데서 잘못 찾아가면 되돌아오는 시간도 길기에 함부로 뛸 수도 없다. 동양 여자가 지나간다.

"헤이! 헬로우!"

팔을 붙들고 표를 내밀었다. 손가락으로 내 길을 가리키더니 자기도 급한지 반대편으로 달려간다. 불안해서 다시 붙잡으니 모른 척 가버린다. 그리로 마냥 달렸다. AB 중에 노선을 찾았으니 숫자로 게이트 번호를 확인하면 되는데 1~50 그 많은 숫자를 확인할 여유가 없다. 독일 사람인 듯 키 크고 눈이 노란 사람을 붙들고,

"아저씨! 이거, 빨리요!"

급하니 별 소리가 다 튀어나왔다. 엉뚱한 한국말이 이상한 듯 쳐다보는 외국인.

'아니다. 이 소리는 아닌데.'

"아저씨! 훼어 이즈 마이 게이트?"

'내 길이 어디냐?' 이건 명령조이다. 바쁜 사람 붙들고 빤히 쳐다보자니 미안했다. 그러나 목소리 가다듬을 여유가 어디 있나.

"플리즈 헬프 미! 마이 게이트. 훼어 이즈 마이 게이트?"

모두 바빠서 조리 있게 묻지 않으면 그냥 스쳐 지나간다. 티켓을 보이고, 무얼 찾는지. '허리! 플리즈!' 겨우, 멀리 있는 내 게이트 번호를 발견했다. 땀을 흘리

며 달려가 표를 내밀었다. 시간이 거의 다 되었다.

출구에 오니 안도의 한숨과 '어쩌다 내가 이 지경인가' 체면 생각도 났다. 머리핀도 빠지고, 얼굴은 땀에 젖고, 옷차림은 흐트러지고 가관이다. '이럴 수가, 만나기만 해봐라' 뛰면서 내내 아들 탓만 했지만, 아들의 입장에선 이미 의사 표시 확실히 했고, 공항까지 따라와 티케팅을 끝냈으니, 잘못은 없다.

몰라서 뛰어다닌 것은 내 사정이지. 독일까지 동행해준 것만도 다행인데. 비행기에서 목이 말라 지나가는 승무원 팔을 붙잡으려다 참았다.

'어머니! 팔을 잡으면 승객이 한둘도 아닌데 얼마나 싫어하겠어요. 매너를 지켜주세요.' 할 것 같다.

"헬로우! 플리즈, 기브 미 어 컵 오후 워터! 땡큐."

생각지 않은 영어가 술술 나왔다. 아들은 이런 걸 원했을까? 뛰다 보니 뼈마디 아프고 다리가 무겁고 하던 그동안의 통증도 다 사라져 버렸다. 급하고 바쁜 당면 문제에 통증이 다 없어지다니, 웃음이 나왔다.

본래 아프지도 않았던 것이 아닐까. 영어도, 혼자서 여행도 얼마든지 가능하면서 바쁜 아들 귀찮게 하고 달러만 낭비했다는 생각도 들었다.

루마니아 공항에 도착하니 날 듯이 기쁘다. 혼자 찾

아왔다는 성취감 때문일까. 아들은 30여 시간의 긴 기차여행 중에 뭘 생각하고 있을까? 도착만 하면 혼내주려던 아들이 기특하게 생각되었다. '쑈우미 마이 게이트', 말을 시작하기 전엔 반드시 '플리즈' 하라던 매너까지 익히면서 혼자 찾아온 내가 대견스럽기만 했다.

폴란드에서

첫째 날

지난 여름 폴란드 여행 때 아들을 가이드로 쓰기로 했다. 나는 안내가 필요했고 아들도 폴란드에 갈 계획이라며 여름방학 중 잡job을 구하는 중이라고 했다.

비행기표 값 400불, 숙박비 포함 800불. 계산해 보니 어차피 아들에게 지출될 생활비인데 가이드 비용으로 주면 나로서는 더 경제적인 것 같았다. 아들도, 어차피 폴란드는 가볼 계획인데 잘 되었다고 생각한 모양이다.

폴란드에 도착한 첫날이었다. 이번 여행은 계획 없이 발 가는 대로 자유롭게 움직여보고 싶었다. 바르샤바의 외곽으로 가던 중 둘 사이에 이견이 생겼다. 나는 어슬렁거리며 천천히 시내 구경을 하고 다음 장소로 이동할 때는 택시나 편리한 교통수단을 이용하고 싶었고 아들은 어슬렁거리며 관광이나 쇼핑을 하는 것은 너무 지루하다고 했다. 지방으로 가는 교통편도 나는 편리한 택시를 이용하자고 했고, 아들은 버스를 타고 시골 구석구석 민가를 둘러보자고 했다.

오전 내내 백화점, 공원, 거리를 말없이 동행하던 아들이 오후가 되자 갑자기 태도를 바꿨다.

"이런 식으로는 지루해서 엄마와 동행할 수 없어요."

"선불을 준 가이드인데 갑자기 태도를 바꾸면 나는 어떡하냐. 얼마나 어렵게 온 여행인데. 내 여행을 망치려 하다니!"

내가 화를 냈다. 아들도 화가 나 있었다.

"나도 얼마나 바쁘고 귀한 시간인데, 엄마와 동행할 땐 용돈보다 중요한 여행 목적이 있었어요. 이런 식으로 다닐 수는 없어요."

"싫으면 돌아가라."

"안 그래도 돌아가고 싶어요."

아들이 발걸음을 돌린다. 설마 제가 낯선 외국 땅에 엄마만 두고 가버리진 않겠지.

저런 아뿔사. 아들의 걸음이 빨라진다. 아들이 점점 멀어진다. 난 어쩌라고. 할 수 없이 소리를 질렀다.

"네게 투자한 경비가 400불인데 이건 계약 위반이

아니야!"

"네, 걱정 마세요. 400불 돌려 드릴게요. 돌아가서 아르바이트하면 이보다 수입도 좋고 훨씬 편할 거예요."

어찌할꼬! 가슴이 탔다. 저럴 수 있나. 그럴 수 없다. 엄마로서 아들이 어떻게 갈까 걱정도 되었다.

"어떻게 갈 거냐?"

"네, 걱정 마세요. 여기서 버스 타면 외국 어디든 갈 수 있어요."

"잠은 어디서 자고?"

"엄마 걱정이나 하세요."

피차에 자기 일은 자기가 해결하자는 얘긴가. 아아, 고약한 놈! 저는 영어도 잘하고 지도 볼 줄도 알면서……. 나는 당장 오늘 저녁 잠잘 곳도 못 찾는데. 그러고 보니 점심식사 때도 나는 한국음식을 고집했고, 아들은 아무데서나 이 나라 음식을 먹어보자고 했다. 피자, 스파게티 같은 간단한 걸 먹고 시간을 아끼자 했고, 나는 정식의 식사를 해보고 싶었다.

낮 시간 내내 내 걸음이 느려서 지루하다고 불평을 했다. 나와 걷는 것이 너무 지루했던 것 같다. 쓸데없이 기다리고, 걷고 싶은 곳에선 택시를 탔고, 결국 사사건건 생각이 다르다 보니 참다못해 내린 결론 같다.

아들 생각엔 비용 안 들이고 폴란드 여행 좀 해보려던 계획이 뜻대로 안 된 것이다.

어떻게 할까? 20, 30분 시간이 흘렀다. 나도 화가 났다. 여행 갈 때마다 비용 주고, 외국어 잘하라고 컴퓨터도 사준 것이 누군데. 엄마한테 이럴 수 있나? 후~, 골치가 아팠다. 외국에 와서 아무것도 모르고, 지도 볼 줄도, 영어도 모르는 나를 두고……. 날이 점점 어두워지는데 자존심을 세우고 화만 낼 수도 없는 형편이다.

"얘!"

아들의 바쁜 걸음을 뒤쫓아갔다. 그동안 귓가로 바람처럼 흘려버린 아들의 말들이 생각나 정신이 번쩍 들었다.

"어머니, 목소리 낮추세요. 말소리를 죽이세요. 매너를 갖춰주세요. 나이 들어 못한다고 하지 말고. 핑계 대지 말고 영어를 익히세요. 지도 보는 법도 배우면 되는데…… 어머니―"

실로 많은 것을 내게 가르치고 도와주었는데 정작 필요한 것에는 신경쓰지 않았다. 언제나 돈만 있으면 편안하게 가이드 쓰고, 달러만 있으면 됐지 무엇 하러 골치 아프게 지도 보고 영어 익히나……. 아들은 이런 내 모습도 못마땅했으리라. 영어, 매너 말고도 너무나 무겁게 달고 다니는 내 생활의 짐을 아들이 어찌 헤아리겠나?

그러나 지금은 영어, 매너 이런 것 다 나중 일이다. 당장 한 걸음도 못 움직이는데……. 아들의 뒤통수가 무섭고 위대해 보였다. 따라가며 불렀다. 돈 주고 산 가이드라고 너무 내 멋대로 내 생각만 하고 있었다. 얼마나 못마땅하고 짜증이 났기에…….

이심전심인가. 아들이 가던 걸음을 멈추고 돌아선다. 아! 살았다. 그러나 가까워지자 표정을 바꿨다. 엄마의 자존심을 가지고 여유 있게 말했다.

"나를 위해 올 필요는 없어! 나도 혼자 할 수 있어!"

자기는 달러가 없으니 엄마 생각을 했을까? 경제도 위상을 세울 필요가 있다. 택시를 불렀다. 애써 좀 전에 익힌 거리 이름을 기억해 쏘비에스키 호텔 쪽으로 가자고 했다.

나만 알고 있는 불안, 걱정을 가슴에 묻고 조용한 말씨로 품위를 세워 보았다. 그러나 등짐 진 듯 답답했다. 하루에 몇 번씩 내가 아들 앞에서 힘주는 건 경제력뿐이다. 그러나 아들에게 경제력이 생기는 날 나는 어찌 될까 생각하면 아찔하다.

둘째 날

다음날 편하게 관광을 즐겨 보려고 현지인 가이드를 썼다. 박물관을 관람했다. 서툰 영어에 질문을 던지며 천천히 걷는데 한참을 구경하다 보니 아들과 가이드는 벌써 저만큼 먼저 가 둘이서 진지하게 얘기를 나누고 있다. 나는 궁금한 것투성이인데, 가이드는 완전히 아들 곁에서 말을 주고받는다. 혼자 뒤처져서 뒤따라가자니 읽을 수도 들을 수도 없고 차라리 집에서 사진이나 보는 것이 나을 것 같았다.

바르샤바엔 평소에 궁금한 것이 많았었다. 피아노를 전공하면서 특히 좋아했던 쇼팽의 음악과, 마레끄 후라스꼬의 제8요일. 제8요일에서 읽은 육칠십 년대의 사회주의 체제 아래 젊은이들의 가난과 사랑이 아직도 가슴 깊이 남아 있고 와그네시카라는 여주인공의 이름은 지금도 기억하는데, 정작 이곳엔 내가 기대했던 아름다움과 순수함, 고뇌는 자취도 없고, 어찌 보면 그들의 방황이 허구이고 과장이었다는 느낌조차 들었다. 어두운 사회주의 아래 가난한 연인들의 모습을 상품화했을까, 내가 착각하고 있었을까.

겉으로 드러나지 않은 슬라브 민족의 기질. 거리의 많은 연주가들과 좋은 음악, 넓은 들판에 골고루 흩어져 있는 농가와 농지들, 도시와 농촌의 균형 있는 발전도 보기 좋았다.

크라코브의 소금 광산은 관광지라 하기엔 고통스러운 자리였다. 서너 시간 계속 지하로 내려가 외길인 좁은 통로를 따라 소금 굴을 걸어 내려가는데 중간에 되돌아설 수도 없고 굴 끝까지 있는 힘을 다해 걸었다. 소금으로 이루어진 광산은 대단하지만 지하에 이렇게 만들기 위해서 얼마나 많은 사람들이 피땀을 흘리고 고통스러워했을까, 공포까지 느껴졌다.

마이다니크에 수용소가 있었다. 2차대전 시 유대인 학살지인데 30만 명의 유대인들이 묻혀 있는 곳이다. 산등성이의 공동묘지. 찬바람만 불고 스산한데 그곳에 뼈가루로 모아졌다는 무덤 동산이 있었다. 실감이 안 났다. 한 곳에 그들이 신던 신발, 옷, 머리카락, 사진 들이 전시되어 있었는데 바라보는 것도 고통스러웠다. 이곳을 돌아보고는 웃고 나오는 사람들은 없다.

동양 여자의 눈에 비친 폴란드. 겉으론 풍부한 정서와 문화, 쇼팽의 음악, 제8요일 같은 서정이 흐르는데, 한편으론 크라코브 소금광산이나 마이다니크 수용소 같은 곳이 있는 이상한 나라였다. 햇볕과 그늘을 함께 가진 나라. 민족의 구분이 확실치 않고 특색이 느껴지

지 않아 개성이 없는 문화 같기도 한데 노벨상 수상자
가 네 명이나 된다니, 문화 수준이 높은 저력 있는 나
라인 것 같다.

프라하에서 서울까지

동유럽에 있는 체코의 수도 프라하는 도시 전체가 예술작품 같았다. 인구 130만의 자그마한 도시에 잘 보존된 건물과 아름다운 자연 경관, 맑은 공기와 도시 복판의 몰다우 강. 이상적인 도시 모습이다. 관광객으로 뒤덮인 도시. 비가 오는데 지구촌 곳곳에서 이 도시를 보려고 많은 사람들이 몰려들고 있다.

A.D. 1300년경에 지어진 유서 깊은 비투스 성당과 왕궁, 아직도 학교로 사용되는 석조 건물들, 긴 돌다리 양편의 조각상들, 공산주의와 전쟁을 거친 국가이면서 어떻게 이렇게 보존이 잘 되어 있는지 온 국민의 정성과 노력이 보이는 듯했다. 유럽 어디서나 관광명소는 성당이나 왕이 살았던 궁, 종교와 정치의 문화유산인 것 같다.

특히 프라하는 예술가와 그 작품들을 잘 가꾸고 관

광자원으로 최대한 자랑하고 있는 것 같다. 드보르작, 스메타나, 카프카는 나도 좋아하고 궁금했었다. 우리와 다른 신비스러움. 겔트 원주민에 슬라브 문화권에 속했다가 비엔나의 정치적 합병, 그리고 최근의 독립에 이르기까지, 그 다양한 정치 변화를 겪으면서 만들어진 문화적 유산은 다른 동유럽 국가와는 또 다른 신비스러운 분위기를 느끼게 한다.

정갈하고 성실하고 악하거나 거창하지 않고 소시민적인 소박함. 아름다움을 추구하는 국민의 예술적 바탕이 눈에 띄었다. 옛날 시계나 보석, 유리 제품들, 집에서 사용하던 작은 물건들을 상품화하여 더욱 진귀해 보였다. 무엇이든 아끼고 아름답게 가꾸는 저들의 국민성이 온 도시에 넘치고 있어, 사람들이 프라하를 좋아하는 이유를 알 것 같다.

성당과 궁이 연결되는 황금 거리의 조그만 방들 22개, 그곳이 수비대와 금은 세공들의 거처였다니……. 왕과 왕궁 성당을 위해 평생 일하면서 살았을 7~8평 정도의 작은 방들을 보면서 왠지 슬픔 같은 것이 느껴졌다. 특히 올드타운의 유대인 마을. 도대체 유대인들이 어떤 사람들이길래 가는 곳마다 경제적 주도권을 쥐고 있는지…….

튀르키예(터키)나 폴란드, 주변의 동유럽 국가들과는 다른 모습이다. 튀르키예가 남성적이라면 프라하는 여성적이라 할까? 긴 카롤 다리 양곁에 세워진 아름다운 동상들을 보면서 몰다우강에 떨어져 죽을 사람은 없을 것 같았다. 우리의 한강이 떠올랐다.

서울에 돌아오니 고층 아파트 사이로 역사 깊은 한강이 힘차게 흘러가고 있다. 서울을 한눈에 볼 수 있는 남산, 그리고 북악산이 눈에 들어온다.

언제 이렇게 달라진 것일까? 들판에선 곡식들이 익어가고 스쳐가는 바람조차 신이 난다.

급작스런 경제성장과 사회변화를 겪으며 혼란과 시행착오도 있었지만, 우리에게는 쉽게 나뉘거나 흔들리지 않는 나무의 뿌리 같은 힘이 있다.

작아지고 떨어진 옷을 비집고 살이 나오듯, 가난하고 힘들면서도 비집고 나오는 해학이 있었다. 유머와 신바람이다. 절망보다 희망. 한국인의 유머는 하나님께서 주신 특별한 성품 같다.

밝은 날씨, 곡류가 주식인 먹거리의 영향 같기도 하고, 단일 민족, 가족 중심의 핏줄 영향 같기도 하다.

여행자의 눈으로 보는 서울, 또 하나의 즐거움이다.

내 집은 어디에

창밖이 훤해서 잠이 깨었다.

루마니아의 밤하늘에 달이 뜬 것이다. 달빛이 온 하늘에 흐르고 눈이 시리게 빛나고 있다. 달은 반가운 길손처럼 창 앞에 머물고 밤바람에 실려 가슴에 스민다. 신비로운 풍경인데 반가움과 슬픔이 함께 느껴지는 것은 웬일일까?

남편을 따라 이곳에 와 해가 바뀌는 것도 모르고 지나버렸다. 언어, 생김새, 먹거리, 모든 것이 다른 문화적 충격도 크지만, 유럽 땅을 밟은 후 가장 놀란 것은 내가 이렇게 모르고 살았느냐는 것이다. 3면이 바다에 북쪽은 막혀 있고, 전쟁, 가난, 끊일 새 없는 혼란을 겪으며 사는 일도 바빠서 나라 밖에 무엇이 있는지 생각할 여유도 없었다. 국경을 이웃처럼 왕래하는 유럽 땅. 우리는 상상도 못할 일이다. 잘사는 나라 땅을 밟으면 같은 시대에 살면서 이럴 수가 있나 배가 아팠고, 가난한 루마니아에선 희망이 보이지 않아 힘들기만 했다.

서울에서 이틀 걸려 이 나라에 도착해, 다시 자동차로 3시간, 루마니아의 서남단 인구 30만의 도시 크라이오바에 도착한 것은 햇볕 쨍쨍 내리쪼이는 5월이었다. 이곳에 남편이 근무하는 자동차 공장이 있었다.

무겁고 끈끈한 공기, 우중충한 건물, 달러를 구걸하는 맨발의 집시 아이들, 낡은 건물에 쇠창살은 왜 그리도 많은지. 도시에 신선한 바람이나 생명의 약동은 없고 우울한 분위기에 죽은 듯 가라앉아 그림 속의 물체를 보는 느낌이었다.

남편이 묵고 있는 숙소는 호텔이라는데, 앉으니 삐걱거리고 낡은 시트에서는 먼지가 푹푹 솟았다. 피곤한데 잠은 오지 않고 이상한 나라에 잘못 내린 손님처럼 다시 서울로 돌아가고 싶어졌다.

이 나라의 오랜 공산주의에 가난은 짐작했지만, 없어도 활기에 찼던 우리네 가난과는 다른 것 같았다. 밥 한 그릇 놓고 가족과 서로 양보하면서도 많이 웃고 더 많이 일하고 신나기만 했던 우리의 70년대, 그 삶의 열기가 어디서 왔었는지. 좋은 집에 편리한 가구를 놓고 살아본 기억도 없지만 불행하다고 느껴본 적도 없다.

아이들 어렸을 때 잠시 살아본 마당 있는 집, 잔디가 있고, 나무도 있고, 파란 하늘 아래 뒹굴며 책도 읽고 깔깔대며 이런 것이 사람 사는 재미거니 생각했던 적이 있었다. 아파트로 옮겨다니면서 언젠가 넓은 마당의 전원주택에 살리라 생각했다.

이곳에 오면서 내가 상상한 집은 넓은 땅, 잔디가 있는 마당, 장미 넝쿨 우거지고, 하얀 페인트칠을 한 그림 같은 이층집이었다. 실제로 한국의 상사 주재원들은 외국인들을 위한 교외의 마당 넓은 빌라에 살고 있었고, 바로 평소에 꿈꾸어 온 집이기에, 이곳에 오기로 결단을 내린 것이다. 착각은 자유라지만 꿈속의 전원 주택은 희망사항이었을 뿐, 우리의 숙소는 공장이 있는 숨막히는 도시의 아파트였다. 기대는 환상으로 끝나버렸다.

이곳에 20여 명의 한국 주재원들이 함께 있고, 수도 부쿠레슈티에 200여 명의 한국인들이 공관, 기업의 주재원, 개인 사업의 일로 와 있지만, 과정 없이 만난 사이라 조심스러워서 흉허물 드러내고 편안한 관계를 가질 수도 없었다. 지내는 동안 내내 서울로 돌아간다는 것이 희망이었다. 누가 서울 간다 하면 귀가 번쩍 띄었다.

루마니아에 도착한 지 석 달 만에 다시 서울로 돌아왔다.

그러나, 공항에 내리면서 이 생각도 착각임을 알았다. 내가 살던 동네도, 머물 집도, 가족도 없고, 친지가 있어도 제각기 사는데 바빠서 내겐 관심조차 없었다. 춥고 배고픈 날 먼길에서 돌아와 문 앞에 서기만 해도 배부르고 따뜻해지는 그리운 내 집은 아니었다.

복잡한 거리에 밀려다니다 시간만 가고, 무엇을 그리워했는지, 고향의 의미가 어떤 것인지, 그리던 순간들은 살아서 손끝에 잡힐 듯한데, 없어진 둥지만 확인하고, 서울과 루마니아의 먼 거리만큼 가슴에 골만 파인 채 다시 루마니아로 돌아갔다.

그리고 서너 달 간격으로 보따리 싸들고 한-루를 날아다녔다. 다들 멀쩡한데 왜 나는 맨날 그립고 보고 싶은지, 철이 없다고 탄식도 하면서, 우주 공간에 섬처럼 흘러다니는 느낌도 들었다. 루마니아→서울 강북의 친정→강남의 우리 동네→아들이 있는 부쿠레슈티→남편이 있는 크라이오바를 오가며 어쩌다 문득 잠에서 깨면 지난밤 어디서 잠들었는지 머리속에 한참 교통정리를 할 때도 있었다.

주재원 숙소를 시장 근처로 옮기면서 시장의 진풍경을 볼 수 있었다. 자기 집 마당이나 들에서 가꾼 푸성귀, 과일 들을 팔고 있는데, 놀라운 것은 짓물러 버리기 직전인 과일들을 자루에 주워 가거나 손을 내민 채 한참을 기다리고 있다가 한 개씩 얻어먹는 집시들이었다.

가난한 나라, 쓰레기통을 뒤져 먹을 만한 것을 골라내고 구걸을 하면서도, 이 나라의 큰 부자들도 집시들이라니 놀라웠다. 어두운 도로에 늙은 말이 끄는 마차를 타고 유유히 사라져 가는데, 마차 뒤에는 꼭 개 한 마리가 따라다녔다. 넓은 초원에서 쉬기도 하고, 가다가 발 닿는 데서 머물면 그곳이 집인 듯 자기도 한다. 주소, 나이도 모르고 교육은 없어도 생존을 위한 춤이나 악기, 기술은 하나씩 익힌다는데, 이들을 '찌거니'라 하며 가까이하는 것을 모두들 싫어해도 왠지 관심이 갔다.

국가도 민족도 없이 떠돌아다니며 온갖 수모를 받아도, 그들의 다산, 생명력과 본능적인 삶의 열기는 뜨겁기만 했다. 그들 곁에는 항상 가축이나 아이들, 가족의 무리가 있었다. 요란한 옷 모양, 원색의 치장, 검은 머리, 검은 눈동자처럼 진한 피가 흐르고 있을까? 모두들 싫어하지만 집시를 보며 인간의 가능성과 한계, 생명의 경외심을 갖게 했다.

가난한 이 나라 사람들도 주말이면 어딘지 떠나고 애써 모은 돈으로 신나게 놀고먹는다. 오히려 일만 하는 우리에게 무슨 재미로 사느냐는데 행복은 이념이나 경제적인 풍요와는 무관한 듯하고, 나는 무엇이 옳은지 혼란스럽기만 했다. 달러, 이념, 정치는 행복을 주지 못했어도 주변에 산재한 숲과 들판, 공기, 햇볕, 석양, 가축, 꽃들까지, 아이들과 웃고 나눈 사랑이 이들을 살게 했을까? 문화는 달라도 사람이 꿈꾸는 궁극의 목표는 같으리라.

3년을 지내며 이제 겨우 마음을 열기 시작했는데, 갑자기 남편에게 귀국 명령이 내려졌다. 기다렸던 귀국인데 왜 즐겁지 않을까? 시작하려다 끝나 버린 느낌이고 아직도 나는 이상한 나라에서 꿈을 꾸고 있는 것 같다. 이십대에 만난 젊은 총각이 늙어서 곁에 있고, 20대의 아들이 앞에 있으니 꿈은 아닌데, 우리의 30년은 어디로 갔을까? 또다시 나를 기다리는 것은 무엇일까?

머리로 이해되면서 가슴으로는 안 되는 일이 있다.

아직도 그림으로 남은 내 집. 라일락 장미 심고, 파란 잔디 있는 마당에 강아지, 병아리 기르며 동화책도 읽고, 가족들 기다리며 사는 일, 어렵지도 않은 소망인데……. 내가 그려 왔던 것은 희로애락을 공유하는 사람의 냄새, 삶의 냄새가 아니었을까?

달빛이 환한 밤, 턱을 고이고 앉아 그림을 그린다. 달은 하나이면서 온 누리에 빛을 주고, 내 조그만 창 앞까지 찾아와 위로하는데, 누가 저 달빛에 금을 그을 수 있을까? 달빛을 소유하려고 탐내는 이는 없으리라.

지금쯤 서울엔 푸른 숲에 솔 내음, 안개비, 바람, 새들의 노래가 한창이고 여름이 무성할 것이다. 어디에 발 닿을지 몰라도 나는 이제 도처에 풍성한 전원을 놓치지 않으려 한다. 굳이 금 긋지 않아도 천지가 내 집 아닌가.

내가 만난 하나님

몸이 아파서 먹지도 못하고 잘 걷지도 못할 때, 어머니를 따라 지금의 교회를 찾아 나왔다. 사람이 너무 많아 겨우 끼어 앉아, 누렇게 뜬 얼굴로 남편에게 기대어 예배를 마치고 나오는데, 어찌나 붐비는지 밖에 나와 보니 내가 다른 사람의 팔을 끼고 있었다.

목사님의 말씀은 감동적이면서도 속도가 빨라 오토바이를 타고 달려온 듯 가슴이 뛰었다. 별난 교회라고 생각하면서도, 말씀을 들을 때마다 감동하고 눈물이 났다. 주차, 대중교통, 앉고 서기도 불편해서 왜 이렇게 사람이 많으냐고 불평하면서도 금요철야, 주일예배, 수요예배, 찬양과 기도, 설레는 강단의 말씀을 찾아서 열심히 쫓아다녔다.

그때 들은 목사님의 간증 중 잊을 수 없는 것이 있다. 병중인데 "환상 가운데 방안에 불이 나서 불이야!

불이야! 외치는 순간, 문 앞에 오신 주님이 이마에 피를 흘리고 계시기에 소방관 아저씨가 불 끄러 오다 부딪힌 줄 알았다"고 하셨다. 목사님은 '절대 믿음과 긍정적 사고'를 강조하셨고, 메시지는 잊을 수 없는 감동을 주었다.

시간이 흐르고 내 병들은 어디로 다 사라졌으며 가정적으로도 많은 변화와 축복이 있었다. 이 무렵에 가정과 교회와 국가가 함께 성장한 것 같다.

장로인 남편이 루마니아 공장에 주재원으로 가게 되고 처음으로 외국 생활을 시작하면서, 많은 체험들을 하게 되었다. 그곳에서 교통사고를 만나게 되었는데 목뼈가 깨져 그곳 병원에서는 수술을 권했다. 그러나 목에 기브스를 하고 한국에 돌아와 또다시 말씀과 기도를 통해 주님과의 뜨거운 만남을 갖게 되고, 병원 치료와 함께 회복이 되었다.

그때 읽었던 이사야서 "두려워 말라, 내가 너와 함께 함이니라. 지렁이 같은 너 야곱아 두려워 말라……. 내가 너를 도울 것이라." 나를 부르는 듯 성경의 글씨가 살아 움직이고 하나님의 소리가 들리는 듯했다. 시편도 이 상황과 비슷한 말씀들이 많이 있어 감동하면서 읽었다. 살면서 어려운 일을 만나도 안되지만 위기 중에 떨면서 만나는 하나님의 말씀은 더 생생하고 실감이 나는 것 같다.

루마니아로 돌아가서 주재원들의 부인들과 구역예배를 시작하였는데 모두들 즐거워했고, 새로 나오기 시작하는 가정도 있어 사도행전의 뒷장을 잇는 듯 실감이 났다. 말도 안 통하는데, 3시간 이상 기차를 타고 겪은 갖가지 에피소드도 많았고, 나는 항상 가슴속에 보물창고처럼 말씀이 쌓여 있어 나누어주는 것이 조금도 힘들지 않았다.

귀국 후 인생 최고의 위기를 만났다. 루마니아에서 힘든 임무를 마치고 금의환향을 했는데, 한국에는 IMF에 의한 변화가 일어나고, 회사에는 보낸 사람도 일할 자리도 없어진 것이다. 남편의 문제는 집안의 문제이고, 우리 위치의 막중함으로 봐서 중대한 사건이기도 했다. 어이가 없고 이해도 안되지만 호소할 데도 없었다.

6개월 이상 친정집에 머물면서, 그동안 무관심했던 어머님의 신앙을 다시 보게 되었다. 어머니는 변함없이 아침에 일어나면 두 시간 이상 기도하셨는데, 아침에 함께 기도하다가 나는 다시 잠들고 한참 후에 일어나면 그때까지 기도하고 계셨다. 불 같은 기도였다.

내가 대학 시절 어머니는 구역장이셨는데, 목요일이면 신촌 일대를 종일 걸어서 심방하고 전도하는 모습을 보았다. 식사때면 밥 한 그릇, 반찬 한 가지를 놓고도 오랫동안 감사기도를 하셨고, '반찬도 없는데 뭐가 그리 감사할까' 했지만 그것이 축복이라는 것도 알게 되었다.

3대째 모태 신앙인 나는 그동안 별 다른 어려움이 없었기에, 남편의 실직이 인생 최대의 문제인 듯 교회 출입 외엔 두문불출했고, 모든 통로를 닫아버렸다. 국가 경제는 불황이고 개인적으로 보장도 없고 회사는 망했다는데, 또다시 기회가 올까? 어머님은 걱정 말라 하시면서, 항상 '잘될 것'이라고 하셨다. 이해가 되지는 않아도 끝이라는 생각은 하지 않았다.

하나님의 약속은 절대불변이고, 강단으로부터의 긍정적인 말씀은 희망을 주었다. 복습하고 예습하고 테이프를 통해 귀에 병이 나도록 말씀을 들었다.

성경에 기록되어 있는 우리와 비슷한 사람들의 얘기가 눈에 들어왔다. 야곱, 베드로, 위대한 신앙인들의 실수와 허물들. 그리고 항상 편안한 예수님의 말씀들……. 자다가도 길을 걷다가도, 일을 하다가도 불현듯 말씀이 그리우면 찾아 읽고, 감동이 일면 기도했다. 실패했을 때도 극복해서 좋고, 현실적인 변화가 없어도 기대에 부풀었다. "저는 넘어지나 아주 엎드러지지 아니함은 여호와께서 손으로 붙드심이로다."

남편에게 다시 좋은 기회가 왔고, 외국인 관련의 새 회사에 근무하게 되었다. 독자적인 일들과 많은 기회가 있음을 알게 되었다.

나는 6개월 만에 욕탕에 갔었다. 그만큼 심각했던 것이다. 덕분에 성경을 읽는 즐거움을 알게 되고 새롭게 하나님을 만나게 되었다.

어린 시절부터 찬양과 성경 읽기를 좋아했는데, 긴 세월 삶의 과정과 체험 따라 보는 시각도 달라지고, 읽을 때마다 새로운 감동이 있다.

보고 듣고 체험한 것만도 큰 복이고 저금통장보다 소중한 재산들이다.

자녀들을 위해 신앙생활의 원칙을 세워보았다.

첫째, 현실과 신앙이 다를 때, 세상을 따르지 말고 말씀을 읽고 따르라.

둘째, 말씀을 읽고 즐겨라.

여호와는 나의 목자

읽고 싶은 책이 많아도 성경보다 재미있는 책은 없는 것 같다.

아득한 세월 속에 왔다 간 인물과 사건들, 그 속에 역사하신 하나님. 참으로 천년이 하루 같고 하루가 천년 같고, 세월의 무상함과 하루의 소중함이 함께 느껴진다.

가치관이 혼란할수록 확실한 삶의 기준은 성경이라고 생각된다. 특별한 일이 생기거나 심각한 고통에 부딪혔을 때, 사람을 피하여 조용히 말씀을 펼치면 읽는 동안 우연히 해결되기도 하고 그 속에 해답이 있을 때도 있다.

어떤 경우에도 성경의 감동을 따르지 못하니, 밖에서 일을 보다가도 잠을 자다가도 불현듯 말씀이 생각나면 구절을 찾아 되풀이 읽기도 하고 절박한 상황에선 글자만 읽어 내릴 때도 있다.

나는 말씀을 문자 그대로 단순하게 믿어버린다. 의문은 남겨두고, 편하고 부담 없이 읽다가 가슴에 부딪히면 눈물도 흘리고 한숨도 쉬면서 감동과 즐거움에 빠져든다. 반복해서 읽어도 시점에 따라 항상 새롭고 다양하다.

창세기는 어찌나 읽어댔는지 책장이 찢겨 나가 성경책을 이어붙이기도 했다. 특히 야곱의 생애는 한 편의 드라마를 보는 것 같고, 28장은 눈물 방울과 손자국으로 글씨가 닳아져 있다.

가장 많이 읽은 부분이 시편, 잠언, 전도서인데 특별한 사연이 있다. 대를 이으며 습관적으로 이어져 온 내 신앙이 뜻밖에 큰 슬픔을 겪으며 어이없이 무너져버린 것이다. 갑작스런 동생의 죽음과 그 충격으로 고통에 빠져 다시 산다는 일은 기대할 수도 없었다.

말씀은 먼 나라 얘기일 뿐 무엇으로도 위로가 되지 않았고 몸서리쳐지는 절망 속에 오직 죽고만 싶었다. 그때 전도서를 만난 것이다. 성경에 어찌 이런 글이 있었는가?

–전도자(솔로몬, B.C. 935년경)가 가로되 헛되고 헛되며 헛되고 헛되니 모든 것이 헛되도다. 한 세대는

가고 한 세대는 오되 땅은 영원히 있도다.

'해 아래 새것이 없나니'–이전 세대를 기억함이 없으니 장래 세대도 그 후 세대가 기억함이 없으리라.–

12장까지 읽는 동안 만감이 흐르고 불밭 같던 내 고통이 조금 사라졌던 것 같다. 기막힌 글이었다. 그 후로도 전도서를 읽어보지만 그때의 감격이 아닌 것 같다. 그 때 만난 하나님은 내가 흘린 눈물과 기도를 통해 큰 은혜를 부어 주셨고 새로운 차원에 이르게 하심으로 깊은 신앙의 경지를 체험하게 하셨다.

질병으로 가난으로 하나님을 꼭 끌어안고 매달릴 때마다 그분은 한 번도 모른 체하지 않으셨다. 아픔과 외로움, 어려움을 겪을 때마다 기도하다 보면 어느새 문제는 해결되고 다른 사람이 되어 있는 것이다.

내 신앙 경험으론 가장 문제가 되는 것이 영혼의 침체 상태인 것 같다. 죄의 합리화, 독선, 아집 같은 데 빠질 때가 있다. 사소한 일로 교우들끼리 미워하고 상처 입고 문제를 일으키고 교회 가기가 싫어지고…….

사랑도 훈련이 필요함을 알았다. 영적 혼란이 오고 이것을 극복하려고 몇 달을 고전하던 중 우연히도 시편 23편의 한 구절을 읽게 되었다.

"내 영혼을 소생시키시며 자기 이름을 위하여 의의

길로 인도하시는도다."

영혼이 잘못될 것을 어찌 아시고 소생을 약속해 놓으셨을까? 내 성경 중 가장 많이 닳아진 곳이 시편이고 어려서부터 찬양으로 요절로 암송하던 23편인데 처음이듯 읽혀진 것이다. 외부의 어떤 힘으로도 해결되지 못한 영적 고민이 말씀 속에서 스스로 해결된 것이다.

위대한 하나님의 차원에서 바라보면 우리 생애에 일어나는 어떤 일들, 고통까지도 사랑으로 느껴져 왔다. 부모와 자녀의 관계도 말로 다 설명할 수 없는데 주의 피로 연결된 하나님과 우리 관계를 어찌 표현할 수 있으랴. 다만 느낄 뿐이다. 감사라는 말은 너무 작고 어떤 표현도 송구스러워 그냥 받게만 되는 그분의 사랑이다.

말씀의 홍수 속에, 다시 오실 주님을 기다리며, 이 기쁨을 교우 여러분과 하나님을 사랑하는 모든 분들과 함께 나누고 싶다.

일과 쉼

연말에, 교회에서 헨델의 '메시아'를 듣게 되었다. 예수님의 탄생과 생애, 수난과 부활을 주제로 한 합창곡인데, 처음 듣는 듯 감동되었다.

성가대 반주를 하면서 나도 연주했던 기억이 있지만, 청중의 자리에서 듣는 느낌은 새로웠다. 귀에 익숙한 곡들과 '할렐루야'가 열광 중에 끝나고, 끝부분인 '아멘'송을 하는데 갑자기 합창이 뚝 그쳤다. 웬일일까? 가슴이 뛰었다. 지휘자를 보니 끝은 아닌 것 같은데, 결정적인 순간의 쉼표, 시간 속에 별별 상상이 다 스쳐갔다. 다음 부분의 효과를 위한 작곡 기법일까? 마지막을 위해 숨 고르기를 하는 걸까? 짧은 쉼에 긴 감동이다.

한 소절, 몇 초쯤 멈춘 다음 합창은 계속되고 '아멘'과 함께 끝이 났다. 청중들은 박수와 앵코르를 외치고, 감동과 열정이 사라지지 않는다. 쉼의 적절한 사용은 노래 이상의 효과가 있는 것 같다.

쉼의 감동은 우리 삶 속에서도 일어나고 있다. 성경 창세기 1장을 보면, 하나님께서 천지를 창조하신 6일간의 일을 마치신 후 일곱째 날에 안식하셨다고 기록되어 있다. 여섯째 날, 하나님의 형상을 따라 사람을 만드시고 복을 주셨다. 가슴 벅찬 6일간의 창조와 하루의 쉼. 창조주에게도 휴식이 필요하셨다니……. 놀라웠다.

그분은 사람들에게도 "엿새 동안 힘써 네 모든 일을 행할 것이나 일곱째 날은 네 하나님 여호와의 안식일인즉…… 아무 일도 하지 말라"고 하셨다. 나약한 인간의 육체와 피곤한 삶을 배려하신 사랑의 명령이 아닐까? 바쁜 사람들이 일을 마치고 가족과 함께 쉬면서 보내는 주일은, 새 힘과 지혜를 얻는 귀한 날이기도 하다.

쉼은, 피로를 회복하는 자연현상이기도 하고, 다음에 있을 새 일을 위해 여유를 갖는 시간이기도 하다.

외딸과 장남인 우리 부부는 항상 바쁘고 일이 많았다. 어느 날 남편의 직장에서 큰 문제가 생겼다. 신용만으로 40대의 자동차를 수출했는데 받은 사람은 사라지고 은행 빚만 남편 몫이 된 것이다. 희망도 대책도 없는 깊은 절망 속에 잠 못 이루며 별별 고민을 다 해봤다.

모든 일과 생각을 멈추고, 온갖 짐으로부터 해방되어, 창세기의 하나님이 지으신 본래의 모습으로 돌아가 봤다.

흙으로 빚은 육체에 불어넣은 생기가 내게 들어오고, 새롭게 창조된 나의 모습에 평안함과 생명의 힘이 느껴졌다.

어디서 오는 힘일까? 이 상황이 불행하거나 절망적인 것도 아니라는 생각이 들었다. 무어든 할 수 있을 것 같았다. 하나님의 안식 속에 푹 쉬고 나니 내가 달라진 것이다. 아침 햇살조차 힘이 되고 감사했다. 모든 행·불행이 자기로부터 시작 되는가 보다.

시간이 흐르면서 빚이 줄어들었다. 그동안 오른 환율, 친정 부모의 도움, 더 많은 수입 등으로 모든 경제는 조금씩 나아지고 나를 괴롭히던 근심 걱정도 사라졌다.

질병, 절망, 우울, 크고 작은 문제들, 힘들고 지칠 때 쉼은 하나님이 주신 좋은 치료법이다.

인간의 육체는 나고 자라서 시간이 흐르면 쇠하여 가지만, 그 분이 불어넣은 생명과 쉼은 새 힘을 갖게 한다.

일과 쉼, 인간을 사랑하신 하나님께서 누리고 살라고 주신 특별한 선물, 새 창조를 위한 위대한 선물이다.

쉼 후의 새 아침은 염려나 욕심은 사라지게 하고, 무질서는 질서로, 불가능은 가능으로, 새로운 용기를 갖게 한다. 이 멋진 쉼과 생명의 날들은, 언젠가 우리를 새 하늘과 새 땅으로 인도하고 또 한 번 놀라게 할 것이다.

멋진 남자

성경을 읽다 감동하는 부분은 유능한 사람들의 이야기보다 결점투성이의 인물들이 하나님과 엮어가는 사건들이다.

창세기에 나오는 야곱의 일생은 한 편의 영화를 보는 것같이 드라마틱하고 실감이 난다. 우리의 모습, 내 모습과 닮아 있다.

처음 읽을 땐 역사가 이렇게 흘러왔구나, 흐름이 머리에 왔고, 다시 읽을 때마다 그들의 삶이 눈앞에 펼쳐진다. 야곱의 욕심, 이기심, 나약함, 도주, 아내를 얻을 때, 맨손에서 부자가 되기까지의 과정, 자식의 실패, 화해……. 이 모든 사건 중에도 창세기 28장의 벧엘의 야곱을 너무나 사랑해서, 어찌나 읽어댔는지 성경 책장이 닳아지고 떨어져 나갔다.

우리들에게도 이런 경험들이 있다. 죄 짓고 도망가

는 사기꾼일 때, 광야의 처절한 고독 속에 던져졌을 때, 고통과 불안의 밤이 야곱에게만 있을까?

처음으로 가본 낯선 땅에서 첫 밤을 맞을 때, 루마니아의 오지에서, 어려움을 겪을 때마다 28장을 펴고 읽었다. 나도 만나고 싶었다. 확인하고 감동하고 '하나님 여기 있어요' 외치고 싶었다. 벧엘 광야에 찾아오신 하나님은 야곱에게 축복을 약속하신다. 약속, 약속을 받았다고 금방 이루어지는 것일까?

하나님은 왜 야곱 같은 결점투성이의 비겁한 남자를 축복했을까? 항상 그의 최고의 자리에는 하나님이 계셨다. 그의 명분, 뜨거운 삶의 열기, 목표를 향한 집념, 그의 생애를 보면 이해할 수 있다. 사랑하는 여자를 위해서 7년을 하루같이, 14년의 노동이 수일같이 지났다는데, 가슴이 찡해지는 부분이다. 꿈을 이루기 위해 종처럼 막일도 하고, 내일도 모르는 불확실한 상황에서 20년을 땀 흘리고 인내하며 보냈다는 것.

신풍나무 껍질을 벗겨가며 양떼들을 불리는 과정은 그 누구도 흉내낼 수 없는, 그만의 벤처 기업이고 노벨경제상 수상감이다. 그는 사기치는 외삼촌에게 대항하지 않고 그만의 독특한 방법으로 이겼던 것이다. 그동안 고향은 얼마나 그리웠을까? 그의 특별했던 노력과 삶의 열정, 집념이 하나님의 축복으로 이어졌던 것이다.

요즘, 어려운 사람은 많지만 야곱 같은 삶의 열정이 없다. 배 좀 고프다고, 죽 한 그릇 얻어먹으려고 명분 따위는 쉽게 집어던지는 남자들은 요즘도 얼마든지 있다.

하나님은 지금도 온 땅을 두루 살피시며 사람을 찾으시고 내 맘에 합한 자가 어디에 있나, 내 축복 누구를 줄까 찾으실 텐데. 우리는 거기까지 이르지를 못하는 것이다. 야곱이 소중하게 여겼던 것은 하나님을 향한 그 명분이었다. 축복은 예정되어 있던 것이 그냥 따라왔을 뿐이다.

그를 더욱 사랑하게 되는 것은 후반에 보는 인간적인 모습이다. 그의 귀향, 형과의 해후 장면을 통해서이다. 옛날에 사기쳤던 형과의 대면은 부담스러웠을 것이고, 피해 버리면 그만인데 야곱은 그런 감정이 문제가 되지는 않았던 것 같다. 하나님과의 약속이기도 했고 간절하게 고향의 부모 형제가 그리웠을 것이다. 형에 대한 이기성은 이미 잊어버렸고 오직 그리움, 사랑만 간절했을 것 같다. 형의 입장에서는 얄미운 녀석이지만 그의 행동에 감동할 수밖에 없었을 것이다.

지금도 누구에겐가 피해를 주고 사기를 친 사람들이 있다면, 야곱의 이 장면을 주시해 보라. 먼저 그리움, 그리고 충분한 보상, 뉘우침, 심장으로 사랑해 보라. 결코 잘난 행동은 아니다. 비겁하고 무능력하고 남자답지 못한 행동일 수도 있다. 자신의 약점과 허물을 다 드러낸 인간적인 모습, 잘난 사람들은 쉽게 할 수 없는 행동이다. 이것도 그의 매력이다. 여기서도 하나님과의 만남을 볼 수 있다.

얍복강가의 일생일대의 대결. 누가 감히 하나님의 사람과 이런 씨름을 하겠는가? 드디어, 그는 인간적인 아집을 꺾고 온전한 하나님의 사람이 된 것이다. 야곱의 생애 중 클라이맥스는 잃어버린 아들 요셉과의 해후라고 생각된다.

"내 나그네길의 세월이 130년이나……. 험악한 세월을 보냈나이다."

몇 마디로 간단히 기록되어 있지만 인생을 달관한 자세가 느껴지는 장면이다. 이렇게 되기까지 얼마나 자기 자신과 싸웠을까.

그의 고통·고독·실패·체념·인간적 연민이 느껴져 이 장면을 읽을 때마다 꼭 울게 된다. 허물과 실수투성이면서도 그의 집념은 미움을 갖지 않게 하고, 어려울 때마다 보여주신 세밀한 하나님의 사랑이 감동을 준다.

야곱의 고백은 모든 인간들의 고백이기도 하다. 요즘 이렇게 멋진 남자가 있을까?

주님과 함께한 식사

지인知人으로부터 맛있는 반찬을 선물받았다.

된장에서 막 꺼낸 깻잎과 매실장아찌, 향긋하고 고소한 맛까지 흰 밥에 얹어 순식간에 한 공기를 먹었다.

맛도 향기도 좋았지만 이것을 주시면서,

"깻잎은 멸치를 냄비에 깔고, 물 붓고, 자글자글 익혀서 드시면 더 맛있어요." 했다.

생으로, 양념에 재워서, 볶아서, 장아찌로, 전으로, 튀김으로, 먹는 방법도 가지가지다. 매실은 새콤달콤 아삭아삭, 밥은 한 공기 또 한 공기, 그날은 자다가 밤중에 일어나서 또 한 번 맛있게 먹었다.

이웃에게도 나눠주었다. 흔한 재료인데 특히 남도 사람들의 맛내기는 재능이 넘치는 것 같다. 매실은 엑기스에 주스까지, 안 들어가는 음식이 없다. 새삼스럽게 식탁의 많은 음식들이 고맙고 소중하게 느껴졌다.

좋은 음식을 선물로 주신 그분에게도 답례로 무엇인가 드리고 싶은데 요즘 내가 읽고 감동받은 책을 몇 권 샀다. 스베덴 보리의 위대한 선물, 천국에 다녀온 이야기이다.

좋은 책도 음식 못지않은 별미이고, 함께 읽는 즐거움도 커서 내가 좋은 책이면 많이 나눠 읽고 선물도 한다. 책으로 보는 별미. 글맛의 즐거움. 특히 성경의 별미란 대단한 것이다.

어린 시절 집 옆에 교회가 있었고, 훌륭한 믿음의 사람들이 많았던 것 같다. 잊을 수 없는 분은 많은 동화들을 들려주신 교회학교 부장 선생님인데, 그분이 하용조 목사님의 아버지 하대희 장로님이셨다. 교회에 가면 재미있는 얘기를 해주었고, 성경에 대한 무한한 호기심을 갖게 했다.

엘리야에게 먹을 것을 가져다주었던 까마귀 이야기, 가뭄에 밀가루통이 마르지 않았던 과부의 이야기, 광야에서 많은 군중이 어린 소년의 도시락 하나로 다 나누어 맛있게 먹고 열두 광주리가 남았다는데 종일 말씀 듣고 함께 먹는 일은 상상만 해도 행복했을 것 같다.

예수님이 열두 제자들과 함께 나눈 마지막 만찬은 떡과 포도주였다. 이 장면은 레오나르도 다 빈치에 의해서 그려졌는데 나도 그 자리에 앉아 있는 상상을 해봤다. 성찬 때마다 떡과 포도주가 그분의 살과 피라는 생각에 눈물도 흘리고 예수님과 제자들도 보고 싶었다.

　내가 성경에서 가장 감동을 받은 식사 장면이 있다. 요한복음 21장에 나오는 해변의 식사이다. 예수님을 배반하고 실망하고 흩어져 옛날로 돌아간 제자들이 밤새껏 헛 그물질을 하며 고통스러운 시간을 보낼 때 해변에 찾아오신 예수님이 그물을 배 오른편에 던지라고 하신다. 그리고 만선의 기쁨을 주시더니, 숯불에 떡과 생선을 굽고 해변에 아침식사를 마련한 것이다.
　그리운 사람, 사랑하는 사람과 함께 나누는 아침식사. 지은 죄를 생각하면 목이 메어 한마디도 못했을 것 같은데 그때 나눈 무언의 대화는 사랑과 용서, 감격, 사명과 새 인생의 다짐이었을 것 같다.

　이날 아침의 식사는 베드로와 요한에게 잊을 수 없는 추억이 되었을 것이고, 사는 동안 모든 어려움을

이길 수 있는 힘이 되었을 것이다. 만일 이 시간이 없었다면 베드로와 요한의 생애는 어찌 되었을까? 물론 사도행전에 모든 제자들에게 성령이 임하시는 사건이 있지만 회개하고 용서하는 일은 결단이 필요하고 기회를 놓쳐서도 안 될 것 같다.

후일 베드로는 "무엇보다도 열심으로 서로 사랑할지니 사랑은 허다한 죄를 덮느니라"고 했는데, 이러한 말씀을 읽으면 이날 아침을 생각하게 한다.

요한의 하나님 사랑에 대한 말씀도 읽을 때마다 감동을 받는다.

예수님은 이들이 어떻게 살아야 할 것인지를 아셨기에 실패한 그들에게 찾아오셔서 식사와 함께 멋있는 힐링의 시간을 가지신 것이다.

나도 이웃이나 가족들과 이런 시간을 가지면서 행복하게 살아가고 싶다.

사랑과 율법

고난 주간 금요일에 식사 초청이 왔다. 다른 때보다 절제하고 금식하면서 더 많이 기도해야 하는데…….
좋은 날씨에 맛있는 저녁, 마음이 흔들렸다. 어떻게 하는 것이 좋겠냐고 목사님께 여쭤 봤다. 목사님은 한참 생각하시더니 본인들 판단에 맡긴다는 더욱 아리송한 대답을 했다.

장로인 남편은 오늘은 주님을 생각하고 절제하며 경건하게 보내라는데 한 끼 금식을 겨우 하면서 그것으로 예수님 사랑의 표현이 되지는 않는다는 생각이 들었다. 평소에 어떤 신앙생활을 하고 있는지, 금요일 고난당하신 날, 하루의 참여가 평소 신앙생활의 판단 기준이 되지는 않을 것 같다.
주일성수도 그렇다. 병들거나 비상사태가 아닌 한

반드시 지키는 것이 내 생각이고 그렇게 배웠다. 그러나 요즘 바쁜 일정, 개인 사정에 따라 인터넷이나 핸드폰으로 주일예배를 대신하기도 하고 성경 대신 핸드폰을 사용하는 이도 많다.

죄의 문제도 옳다 그르다 생각이 다르고, 성경 읽고 찬송 부르는 일까지. 요즘 젊은이들 중에는 복음 찬양을 즐겨 부르면서 기존 찬송가는 잘 부르지도 않는다. 현대어 번역 신약만 간단히 읽기도 한다.

우리 집안 행사 때면 모두 모여 감사예배로 기념하는데 모일 때마다 자식들, 형제들이 생각이 다르다. 외국인 며느리도 있다. 때로는 말씀을 듣다가도 의문을 제기하거나 자기주장도 하고 어린아이들은 함께 앉아 있기도 힘들다. 세대 차이나 신앙 연륜의 차이라고 생각된다. 아직까지는 가장이고 장로인 남편의 지시에 따르지만 5분 내지 10분의 설교와 15분 정도의 짧은 예배로 끝낸다. 안타깝지만 좀 더 성실한 예배 시간을 기대하면서 기도할 뿐이다.

말씀을 배우고 알아야 한다고 하면 아들은 사랑으로 본을 보이는 것이 말씀보다 먼저라는 주장을 한다.

예수님의 사랑, 나를 위해 피 흘려 죽으시고 희생하신 그 뜻은 죄를 벗어나 주님을 믿고 하나님의 자녀가 되라는 것인데 이 모든 일들을 알고 깨달으려면 말씀을 아는 것이 먼저가 아닌가?

말씀을 배운다는 것, 분별력을 갖는다는 것은 열정만으로 되지는 않는다. 각종 문제의 발단은 옳고 그름의 기준을 갖지 못하고 자기중심의 생각으로부터 시작되는 것 같다. 어려서부터 성장과정에 부모나 선생님들로부터 사랑하는 일도, 원칙을 지키는 일도 보고 배우고 훈련되는 것이다.

어느 날 갑자기 문제에 부딪혀서 해결하려고 하는 것은 무리를 가져올 수 있다. 마지막까지 목숨을 걸고 지켜야 하는 것이 하나님의 말씀이고 예수님의 사랑이다. 그런데 왜 이것이 잘 안 되는 걸까? 지금도 나는 하나님 말씀보다 '적당히' 타협하면서 후회할 때가 많다. 그리고 모두를 위한 일이라고 변명한다.

영적인 훈련과 변화는 자기와의 싸움이 필요하다. 용서하고 사랑한다면서 말씀을 지키지 않는다면 우리는 죄 속에 살다 죄 속에서 인생이 끝날 것이다. 나를 앞세워 하나님을 잃어버린다면 가는 곳이 어딜까 무서운 일이다.

신앙생활에 '적당히'란 없다. 주님의 말씀과 내 생각이 다르다면 주님을 따르는 것이 원칙이고 계산된 나의 지혜나 '적당히'보다는 바보 같은 절대 순종을 선택하는 것이 살 길이다.

"내가 율법이나 선지자를 폐하러 온 줄로 생각하지 말라 폐하러 온 것이 아니요 완전하게 하려 함이라."
"온 율법은 네 이웃 사랑하기를 네 자신같이 하라 하신 한 말씀에서 이루어졌나니."

율법과 사랑은 같이 가는 것이다. 지나치게 율법을 주장해서 사랑하지 않는 것도 문제가 되지만, 아무리 사랑이라는 이름으로 많은 것을 허용해도 옳고 그른 것은 분명하고, 해야 할 일과 하지 말아야 할 일은 분별되어야 한다.

평안함과 자유로움 속에 주님을 사랑하고 고난에 감사하면서 좋은 하루를 보냈다.

제3부

콩트&시

행복한 아침(별님 이야기)

지구촌에 혼자 남아 밭을 경작하는 남자 앞에 별똥별 하나가 떨어졌다. 달려가서 살펴보니 사람 모습을 한 얼굴에 양팔과 다리가 있는 조그마한 생명체였다.

"어디서 왔소?"

반가운 생각에 말이 튀어나왔다.

"조금 전 별에서 떨어졌어요."

"말을 할 줄 아시오?"

"네, 하루가 지나기 전에 빨리 돌아가야 해요."

남자는 가슴이 두근거렸다.

오랜만에 보는 사람의 모습이 너무 반가웠다. 거기에 얘기도 할 수 있으니…….

"저렇게 많은 별들 중 어디로 간단 말이오?"

"세상에 이렇게 넓은 곳이 있는 줄 몰랐어요. 그런데 왜 이런 넓은 곳에 당신 혼자뿐이에요?"

"그동안 코로나라는 전염병이 생겨 모두 다 죽고, 내가 마지막 남은 사람이오. 그런데 별님은 이곳을 어찌 알고 여기 떨어졌소?"

"노랫소리 때문이지요. 날마다 내 노래를 부르는 소리가 들려왔어요. 아침 저녁으로 들려오는 소리가 너무 아름다워 꼭 한 번 오고 싶었어요."

"그럼 별나라에서 매일 들려오던 노래가 당신의 소리요?"

"네, 노래 부르는 사람을 알았으니 이제 돌아가야겠어요."

별님은 몸을 쫙 펴서 날아갈 차비를 한다.

"아아! 가지 마시오, 별님. 혼자 사는 것이 죽는 것보다 싫소. 가려거든 나도 데려가주오."

별님의 날아갈 자세에 남자는 별님의 등에 찰싹 붙어 목을 끌어안았다.

"올 때는 소리를 찾아왔지만, 돌아가다 길을 잃으면 우주 공간에서 먼지가 되어버릴 수도 있어요."

"가다가 먼지가 되어도, 혼자 이곳에 남는 것보다는 낫소. 이제 혼자는 못살겠소. 별님, 날 데려가 주오."

남자는 양팔로 별님의 목을 꽉 껴안았다. 부드럽고 편안한 등어리였다.

"별이 되어 달이 되어 가다가 먼지가 되어도 좋소."

"그럼 날아갈게요."

별님은 등에 남자를 태우고 양팔과 다리를 쫙 펴서 날았다.

"우리 별이 되어 달이 되어
이 세상 끝나도 함께할 운명
그대 사랑합니다."

남자가 노래를 부르자 별님이 말했다.

"나의 노래를 나보다 더 잘 부르네요."

"우리 별이 되어 달이 되어
이 세상 끝나도 함께할 운명
그대 사랑합니다.
재가 되어도, 먼지가 되어도
별이 되어 달이 되어
그대 사랑합니다."

남자와 별님이 함께 노래했다.

그때 갑자기 아름다운 황금색 별빛이 시야에 들어

왔다.

황금빛이 분홍빛으로 바뀌더니 맑고 밝고 환한 빛이 찬란하게 눈앞에 펼쳐졌다. 처음 보는 광경이었다.

"여기가 어디요? 참으로 아름다운데⋯⋯. 우주 공간에 이런 곳이 있었소?"

"지구라는 곳이에요. 우주에서 가장 아름다운 곳이지요."

"내가 살던 곳이 이렇게 아름다운 곳이란 말이오? 아! 끈질긴 코로나 질병이 사람들을 사라지게 하고 모든 먹거리를 앗아가고 그렇게 나를 괴롭힌 지구가 우주에서 가장 아름다운 곳이라니⋯⋯. 아!"

"다시 돌아갈까요?"

별님이 물었다.

남자는 말했다.

"별님과 함께라면 어디든 좋소. 나는 아름다운 것보다 함께 있는 것이 좋소."

별님은 다시 지구를 향해 날았다.

쿵!

별님 등에서 남자가 떨어졌다. 자신이 살던 넓은 땅이 있는 곳이었다.

"별님! 별님! 어디 계세요? 나를 두고 가지 마세요."

"정신 차리세요. 정신 차리세요. 아침 해가 중천에
떠 있는데……. 일어나 식사해야지요."
"별님은 어디 있어요? 나의 별님!"
남자가 눈을 떠보니 별님은 간 곳 없고, 아내가 깨우
는 소리가 들렸다.
"간밤에 잘 잤어요?"
"내가 꿈을 꿨단 말인가? 그럼 내가 들은 별님의 노
래는 무엇이란 말인가?"
"밤내 당신이 좋아하는 노래를 들려주었죠."
"별님이 아닌 당신이었단 말이오? 나를 업은 사람이
별님이 아닌 당신이었단 말이오? 내가 사는 지구가 그
렇게 아름다운 줄 몰랐소. 황금빛 찬란한 아름다운 땅
에 먹거리는 넘치고 계속해서 노랫소리가 들렸소."

"서로 다른 길에 우리 둘의 만남은
돌아서니 꿈만 같아요.
바다처럼 깊어진 우리의 믿음
흔들리지 않아요.
그대 나보다 더 사랑해요.

그대 마음 받아주세요.
볕이 안 드는 고된 삶에도 손 내밀어 주세요.
우리 별이 되어 달이 되어
세상 끝나도 그대 사랑합니다."

남자가 노래를 불렀다.
"내가 부르면 듣기 싫다 하더니 어찌 된 거예요. 나
보다 더 잘하는데."
"노래하는 별님을 만났소."
"별님이 아닌 스피커에서 나오는 소리예요. 내가 나
뭇가지에……."

남자는 아직도 꿈인지 생시인지 실감이 나지 않았
다. 별님이 사라지지 않는다.
"여보, 나보다 더 사랑하오."
남자는 아내를 끌어안았다.
코로나 기간에 많은 것을 잃어버리고 땅끝에 밀려와
살고 있지만 행복한 아침이었다.

벙어리의 꿈

파란 하늘이

먹이를 찾는 새에겐
절박한 일터

탈옥수에겐
미칠 듯한 자유

내겐
외치고 싶은 공간이다.

봉숭아꽃들에게

얼마나 그리웠으면
손톱에 붉게 물들어
사라지지 않느냐?

얼마나 사랑했으면
손톱이 다 닳도록
타오르며 남아 있느냐?

떨어진 꽃잎들
얼굴에 닿으니
가슴에도 고운 물 드는구나

루마니아의 오후

해가 진다.
잠시 눈감고 의자에 기대니
등뒤로 시간 흐르는 소리 들린다.

석양빛 하늘에 비행기 한 대 날고
나는 어느새 서울의 골목 어귀에 선다.
저녁 준비 서두른다.
시끌벅적 돌아오는 아이들 소리…
눈뜨면 조용한 밤, 낯선 나라의 아파트
소리도 웃음도 장난도 없다.

멀어진 시간은 벌써 몇 만리인가.
돌아갈 수도 그냥 쉬지도 못하는 시간들이
멀리 더 멀리 손짓하는데
팔 흔들며 손짓하는 풍경들이

보고 싶다.

날개 치며 사라져 가는 시간들
내가 동 하면 저는 서 하고,
내가 남 하면 저는 북 하며
자꾸자꾸 멀어져 가는 풍경들이
나의 빈방을 채운다.

빈방에 바람 소리
돌아서면 들리는
시간 흐르는 소리.

-루마니아에서

저녁

라일락꽃잎에 이슬 맺혔다.
이슬방울 속에 말간 하늘이 있다.

우주가 보인다.
말간 이슬 꽃향기에
스치는 바람이 속살거린다.
눈을 감아요.

보랏빛 초저녁이 가슴에 내리고
맺힌 이슬은 선녀 날개처럼 신비롭다.